Humor, das mit Abstand beste Löschblatt für die Sorgenflecken des Alltags.

Ernst Ferstl
Österreichischer Lehrer, Dichter und Aphoristiker

Die Fantasie ist ein ewiger Frühling.

Friedrich von Schiller
Deutscher Arzt, Dichter, Philosoph und Historiker

Widmung & Autor

Ich widme diese humorvolle Kurzgeschichte meinen leider bereits verstorbenen Großeltern – Gertrud und Alex. Liebe Oma, lieber Opa, egal, wo ihr jetzt seid, ich hoffe, ihr könnt das hier lesen. Ich denke oft an euch.

Sandro A. Weiß, 1984 in Wien geboren, ist Autor, Berufssprecher, Informationsmanager und wenn es die Zeit noch erlaubt, auch Schauspieler. Was haben diese Tätigkeiten gemeinsam? Genau, alle haben etwas mit Text zu tun. Seine Freude am Schreiben und Gestalten, vor allem fantasievoller und humoristischer Inhalte, ist schon deutlich älter als dieses Buch. Mit der Buchreihe *Unglaublich Magisch* erschuf er eine bizarr-humoristische Fantasiewelt für Jung und Alt, die sich um Zauberer, Magie und jede Menge skurrile Kurzgeschichten dreht. Sandro liebt Fantasy, Science-Fiction, Übernatürliches und alles, was mit Humor zu tun hat. Er lebt in Niederösterreich, ist verheiratet und hat zwei immer hungrige Haustiger.

Unglaublich Magisch

Die humorvolle Fantasy Reihe

Reginald und die Zauberrune

Band 1

Sandro A. Weiss

Impressum

Autor: Sandro A. Weiß

Kontakt: unglaublichmagisch@sandroweiss.com

Facebook: autor.sandroweiss.com

Buchtitel: Unglaublich Magisch - Reginald und die Zauberrune
Aus der Reihe: Unglaublich Magisch, Band 1

1. Auflage
Umschlagsgestaltung: Sandro A. Weiß
Illustrationen: Janko Marković
Lektorat: Margit Kohl

Verlag: Independently published

eBook in der Amazon Kindle Edition
ASIN: B07FQ9TTL
ISBN: 978-1717826770 (Buchausgabe)

der Handlung an sich durchaus wahre Begebenheiten als Inspiration dienen können.

Aus Gründen der besseren Lesbarkeit wird auf die gleichzeitige Verwendung männlicher und weiblicher Sprachformen verzichtet. Sämtliche Personenbezeichnungen gelten gleichermaßen für beiderlei Geschlecht.

Inhaltsverzeichnis

Vorwort

Dies ist nicht mein erstes Fantasy Buch, aber mein erstes, das ich veröffentliche. Schon als kleiner Stöpsel habe ich mein allererstes Buch, eine Kurzgeschichte, zusammen mit meiner Oma geschrieben. Ich war noch im Kindergartenalter und konnte eigentlich noch gar nicht schreiben. Dennoch, ich erinnere mich, als ob es gestern gewesen wäre.

Es war während des Sommerurlaubs in Salzburg. Wir saßen in einem Café und warteten auf meinen Opa, der noch etwas zu erledigen hatte. In der Zwischenzeit zückte meine liebe Oma Stift und Papier und schlug mir vor, eine Fantasiegeschichte mit Witz und Humor zu schreiben. Ich hatte die ehrenvolle Aufgabe, Bilder zu zeichnen und mir eine lustige Handlung zu überlegen. Meine Oma übernahm dann die textuelle Niederschrift der, aus meiner Sicht damals höchst fantastischen Ideen, und so entstand ein humorvolles Comic-Buch über eine Maus und ihren Flug ins Weltall – meine erste humoristisch fantastische Kurzgeschichte, auf die ich damals sehr stolz war. Auch wenn ich später feststellen musste, dass es eine solche Maus schon längst gab.
Ich bin nicht sicher, ob dieses Schriftstück nicht doch noch irgendwo in einer Schublade meines Vaters oder meines Onkels rumliegt. Sollte ich es finden, wird es eingerahmt und aufgehängt.

Aber was erwartet Dich denn nun in dieser Kurzgeschichte, lieber Leser? Nun, lass es mich so ausdrücken: Wer die literarische Welt des Humors und bizarrer Absurditäten in Verbindung mit Fantasy liebt, wird sich in Kamquark, der Stadt, in der es unglaublich magisch und fantastisch zugeht, sehr wohlfühlen. Ich begann mit den ersten Zeilen des Buches und dem Plan, eine humoristische Kurzgeschichte zu verfassen, die den Leser für eine gute Stunde unterhält. Im Laufe der Entstehung erwuchsen in meinen Gehirnwindungen aber immer mehr lustige Ideen, neue Figuren und witzige Momente, die ich zum Teil noch hinzugefügt und auch für zukünftige Kurzgeschichten niedergeschrieben habe. Wer

Erfahrung mit humoristischer Fantasy hat, wird erkennen, wer meine großen Vorbilder sind.

Da ich ein Kind der 80er bin, das mit viel Popkultur aufgewachsen ist und ich diese auch heute nach wie vor mit viel Freude konsumiere, schlägt sich auch dies in meinen Kurzgeschichten nieder. Es war mir außerdem ein Anliegen, auch ein paar sozialkritische Themen satirisch verpackt in dieser Welt zu verankern. Ich hoffe, damit auch Deinen Humor zu treffen, lieber Leser, und wünsche Dir nun viel Spaß und eine fantastische und unglaublich magische Zeit!

Prolog
Siccum integrum

»Bestai dokta infilitus ex. Magna marenium Filibo...«, abrupt unterbrach er die Zauberformel und hielt kurz inne. Während er noch immer die Hände in die Luft streckte, begann er zu grübeln.
»Verdammt, wie ging der Spruch nochmal? Bestia dokta infilitus ex. Magna marenium Filibo... aaah... aaah... irgendwas mit aaah... Animus!«, plötzlich sprangen Blitze aus seinen Fingern direkt auf den vor ihm stehenden Kessel, der gefüllt war mit schäumender Flüssigkeit. Unablässig zischten die weißen Blitze herunter und die Flüssigkeit wurde immer unruhiger.
»Ja, jetzt kann ich es endlich vollenden!«, rief er euphorisch und mit einem Quäntchen Wahnsinn in der Stimme. Die Kerzen im Raum begannen zu flackern und ein warmer Windhauch setzte ein, der stetig stärker wurde. Nun tauchte etwas aus der Flüssigkeit auf. Es war nicht zu erkennen, was es war, aber es bewegte sich und wurde immer unruhiger. Es schien so, als würde etwas in dem Kessel erwachen. Der Zauberer riss seine Hände herunter und unterbrach damit die Blitze. Mit gierigen Augen streckte er aber sogleich wieder beide Arme zur Seite und begann den warmen, nun fast schon heißen Windhauch magisch umzulenken. Kurz umströmte ihn die Luft und sein Umhang riss an seinem Körper hin und her. Auch sein spitzer Hut machte Anstalten abzuheben, doch er konnte ihn gerade noch festhalten.
»Tempest maximus Filibo calidium!«, intonierte er mit unnatürlich tiefer Stimme und fokussierte den Luftstrom genau auf den Kessel. Ein grässlich grummelnd klingendes Geräusch war zu hören, während sich die Flüssigkeit im Kessel weiter zurückzog und immer mehr des nun wild wackelnden und klebrig anmutenden Objektes freigab.
»Siccum integrum!«
Der heiße Wind legte noch einmal nach. In kürzester Zeit war sowohl die Flüssigkeit zur Gänze verschwunden und auch das bisher noch klebrige Objekt trocknete mit enormer

Geschwindigkeit und offenbarte ein zerzaustes graues Fell.
»Exitus!«
Dieser Spruch beendete das Ritual so abrupt, wie es begonnen hatte. Dabei rutschte dem Zauberer der Spitzhut ins Gesicht, was ihm für einen Augenblick die Sicht nahm. Ein fataler Fehler, denn das grässliche Grummeln aus dem Kessel wandelte sich nun zu einem Knurren und ehe er sich den Hut wieder zurechtrücken konnte, sprang ihm das pelzige Etwas ungebremst an die Brust.

Kapitel 1
Ach ja, mein Hut

»Fili, lass das!«, versuchte sich der junge Mann lachend gegen den frisch gebadeten Havaneser zu wehren, der ihn zuvor zu Boden geworfen hatte. Doch dieser dachte nicht daran von ihm abzulassen und schleckte ihm weiter über sein ganzes Gesicht.
»Hör auf, das kitzelt.« Nach ein paar Minuten beruhigte sich der kleine Hund wieder und seine Freude wandelte sich in unbändigen Hunger, also wandte er sich von seinem Herrchen ab und lief ohne Umwege zur Futterschüssel, in der er sogleich seine Schnauze steckte und zu fressen begann. Der junge Zauberer blieb noch einige Sekunden liegen und atmete tief durch. Dann setzte er sich auf und betrachtete eine Papierschachtel, die neben ihm lag. Er nahm die leere Schachtel und las deren Aufschrift laut vor:
»Bestseller! Lava animalis! Der Instant-Zauber für die moderne Haustierpflege – nach Wahl mit Tiefstimmeneffekt für das Look and Feel eines dunklen Zauberers. Einfach öffnen und Zauberspruch intonieren!« Darunter standen noch Warnhinweise:
»Nicht verwenden unter Zauber-Level-3!« Er sah wieder auf und rief dem schmatzenden Havaneser erheitert zu:
»Gut, dass wir uns dieses Mal daran gehalten haben. Erinnerst du dich noch als uns letzten Monat der Asia-Wok-Instant-Zauber-Level-4 um die Ohren flog? Ich finde heute noch hin und wieder Nudeln in den Küchenschränken.«
Dann las er in Gedanken weiter: »Kann Spuren von Voodoo enthalten. Nicht zum Verzehr geeignet! Bei Risiken und Nebenwirkungen fragen Sie Ihren Medizinmann oder Alchemisten.«
Zufrieden und etwas erheitert warf er die Schachtel in weitem Bogen und recht elegant in den Papiereimer neben seinem Arbeitstisch und stand auf. Er streifte sich die Kleider glatt und putzte ein paar Flusen von seinen Schultern.
»Irgendwas fehlt hier noch«, murmelte er vor sich hin und kratzte sich am Kopf.

»Ach ja, mein Hut.« Er sah sich um und versuchte, seine liebste Kopfbedeckung ausfindig zu machen. Der Hut war sein Ein und Alles. Sein Vater schenkte ihm den Spitzhut vor Jahren, als er noch ein Baby war. Danach ging er ins Exil, eine schmierige Bar am Rande der Stadt, wo sich Gauner und Halsabschneider zum gepflegten Austausch zusammenfanden. Man weiß nicht genau, was mit ihm geschah, aber an diesem Tag kam sein Vater nicht wieder nach Hause und der Hut war das einzige, was er noch von ihm hatte.

»Fili, hast du meinen Hut gesehen?«, fragte er seinen treuen Gefährten. Der Hund blickte auf, schnaubte einmal kurz, schüttelte sein graues Fell und versenkte seine Schnauze wieder im Hundefutter.

»Du könntest mir ruhig beim Suchen helfen, du Vielfraß«, ermahnte er den Havaneser. Er drehte sich im Kreis und versuchte, seinen Hut ausfindig zu machen. Da lag er! Auf einem Regal, knapp unter der Zimmerdecke.

»Wie bist du denn da raufgekommen?«, fragte er den Hut, der wenig überraschend keine Antwort gab und schob einen Sessel zum Regal, den er sogleich bestieg. Die Aktion machte Filibo dann doch neugierig. Er lief zu seinem Herrn und bellte ihn an, während dieser sich nach seinem Hut streckte. Als er die Krempe der Kopfbedeckung erreichte, zog er daran und nahm den Hut seines Vaters wieder an sich.

»Ein Zauberer ist nichts ohne seinen Hut«, sagte er zufrieden, während er den Staub abwischte und auch gleich die am Hut befindliche silberne Brosche polierte, die ein doppeltes R zeigte, das in einem Kreis eingefasst war. Es sah aus wie ein Familiensiegel. Aber Reginald hatte keine Ahnung, was es bedeutete. Und auch seine Tante konnte oder wollte ihm dazu nichts sagen.

Der feine und gut abgelegene Staub der letzten Monate rieselte nach unten und suchte sich seinen Weg in die Nase des bellenden Filibo. Dieser hörte auf zu bellen und versuchte, jetzt den Staub wieder loszuwerden. Aber dennoch kämpfte er vehement gegen ein Niesen an.

»Oje. Nein, Fili, nicht niesen!« Aber trotz aller Bemühungen konnte der kleine Hund das Niesen nicht zurückhalten. Im Moment des Niesens, was man aufgrund der Heftigkeit schon eine pulmonale Explosion nennen konnte, schleuderte es den jungen Mann vom Sessel bis ans andere Ende des Zimmers, direkt auf das Sofa. Dabei landete er so ungünstig, dass er sich den Kopf anschlug und für einige Sekunden ohnmächtig wurde.

Schon wieder schleckte etwas über sein Gesicht. Es war rau und nass. Als er seine Augen öffnete, erschrak er und wich instinktiv zurück, doch er kam nicht weit, denn auf ihm lag ein ausgewachsener Gepard, der ihn liebevoll anschnurrte.
»Fili?«, fragte er das Tier ungläubig. »Das ist mal was Neues. Ich werde mich wohl nie daran gewöhnen.« Das Tier blickte ihm unschuldig in die Augen. Man könnte meinen, es wäre eine nonverbale Entschuldigung gewesen.
»Wenn du so nett wärst, ich muss noch etwas erledigen.« Filibo ließ sich langsam vom Sofa gleiten und setzte sich vor seine Füße.
»Es tut mir leid, ich habe nicht aufgepasst vorhin mit dem Staub. Aber sei froh, dass du nicht wieder eine Kakerlake geworden bist, wie beim letzten Mal. Tante Klara hätte ebenfalls keine Freude damit.« Er überlegte kurz und schmunzelte.
»Wobei, eigentlich war das ein ziemlicher Spaß.« Dann lachte er laut los.
Filibo war sichtlich nicht so angetan von dieser heiteren Erinnerung und bellte seinen Herren anklagend mit seiner neuen und sehr hohen Geparden-Stimme an. Das erschreckte ihn selbst ein wenig.

»Reggy!«, rief ihn eine Frauenstimme außerhalb des Raumes.
Er stand auf und öffnete die Zimmertüre.
»Ja, Tante?«, rief er aus der Türe gebeugt die Treppen hinunter.
»Hast du den Einkauf schon erledigt, um den ich dich gebeten habe?«, kam als Antwort aus dem unteren Stockwerk. Indessen schlich sich Filibo aus dem Zimmer und tapste langsam die Treppe hinunter.
»Nein, Tante. Ich wollte gerade los.« Mit diesen Worten wandte er sich wieder in sein Zimmer, schnappte sich den Lederbeutel mit seinem Silber darin und setzte sich seinen Hut auf.

»Gut. Beeile dich! Heute ist viel los am Markt und ich glaube...« Ihr Satz wurde von einem lauten Schrei des Entsetzens unterbrochen.
»Das ist nur Fili, Tante!«, rief er über seine Schulter, während er am Arbeitstisch noch nach der Einkaufsliste suchte. »Er ist jetzt ein Tiger.« Die Biologiekenntnisse des jungen Mannes waren eher peripher. Ein Umstand, der seinen Dozenten oft Kopfschmerzen bereitete.
Nachdem er endlich alles beisammen hatte, verließ er das Zimmer, schloss die Tür und ging ebenfalls nach unten.
»Du hättest mich ruhig warnen können«, ermahnte ihn Tante Klara mit einem Kochlöffel schwingend, während sich Filibo an den Beinen der Frau rieb und zufrieden schnurrte.
»Ich geh dann mal zum Markt und nachher besuche ich vielleicht noch Großmagister Limbus. Ich wollte ihn noch etwas wegen der Level-4-Prüfung fragen«, informierte er seine Tante.
»Die Level-4-Prüfung? Bist du denn schon soweit?«
»Ja klar, ich habe alle Bücher durch und meine Studienkollegen sind auch schon alle bereit, die Prüfung zu machen.«
»Du sollst dich nicht an den anderen messen. Wenn du mehr Zeit brauchst, dann warte noch ein paar Monate.«
»Das wird schon klappen, Tantchen«, antwortete er beiläufig, während er mit einem Löffel in Klaras Eintopf fischte, um das gute Essen zu kosten. Doch sie machte ihm einen Strich durch die Rechnung und klopfte ihm mit ihrem Kochlöffel so stark auf die Finger, dass ihm die Kostprobe mitsamt dem Löffel in den Topf fiel.
»Erst der Einkauf und dann die Belohnung!«, sagte Klara. »Und außerdem muss das noch ein paar Stunden kochen.«
Enttäuscht nickte er, kontrollierte nochmals, ob er alles dabei hatte, was er benötigte, verabschiedete sich von seiner Tante mit einem Kuss auf die Wange und verließ das Haus. Vor der Tür lag die Tageszeitung »Der faule Magister«, den der Zeitungsjunge wie üblich viel zu spät geliefert hatte. Er hob das Blatt auf, ging nochmal kurz ins Haus zurück und legte die Zeitung auf das Tischchen gleich neben der Tür.
»Ich habe den faulen Magister reingelegt!«, rief er seiner Tante zu.
»Wie meinst du das?«, rief sie verwundert aus der Küche zurück.

»Wie, wie meine ich das?« Er überlegte kurz und fügte dann lachend hinzu:
»Ich meine die Tageszeitung.«
Klara begann ebenfalls zu lachen und bedankte sich. Als er sich umwandte, um das Haus erneut zu verlassen, zerrte plötzlich etwas an seinem Umhang.
»Fili, ich bin doch gleich wieder da«, doch der Gepard ließ nicht locker. Erst jetzt fiel ihm auf, dass sein treuer Gefährte in dieser Gestalt deutlich mehr Kraft hatte als zuletzt im Körper des kleinen Hundes. Während er sich loszulösen versuchte, bemerkte er, dass ihr kleiner Zerrkampf bereits von seiner Tante beobachtet wurde. Sie stand grinsend im Durchgang zwischen Küche und Eingangsbereich.
»Nimm ihn doch einfach mit. Ich glaube, in diesem Körper braucht er ohnehin mehr Auslauf. Aber hänge ihm das hier vielleicht um, damit sich die Leute da draußen nicht vor ihm fürchten.« Klara reichte ihm ein Universalbrustgeschirr. Es war in einem neutralen Grau gehalten und sah sehr langweilig aus. Filibo musste es schon des Öfteren tragen, meistens, wenn er die Gestalt eines Raubtieres angenommen hatte.
»Das ist eine gute Idee, danke.« Er nahm das Geschirr und sah Filibo an. »Welche Farbe soll es diesmal sein? Khaki vielleicht?«
Der Gepard schüttelte den Kopf.
»Violett mit goldgelben Sternen, wie mein Hut? Wir wären im Partnerlook.« Er grinste dabei. Filibo warf sich protestierend auf den Boden und verdeckte sein Gesicht mit seinen Pfoten.
»Ja ok, ich hab's verstanden. Dann bekommst du einfach pink, und aus.« Er streifte mit seiner Hand über das Material, welches sich zugleich pink färbte. Danach legte er dem Geparden das Brustgeschirr an.
»So, und jetzt noch die passende Aufschrift, um die anderen zu informieren.« Er fuhr nochmals über den Stoff und plötzlich erschienen schwarze Buchstaben auf dem pinken Material.
Flieht... ihr Narren!!!! war nun mit vier dicken Ausrufezeichen auf beiden Seiten zu lesen. Klara schmunzelte zwar, ermahnte ihren Neffen dann aber doch, einen anderen Text zu nehmen. Also korrigierte er seinen ersten Versuch und änderte den Text auf *Ich*

kann nicht sprechen, also beiße ich. Doch auch damit war seine Tante nicht einverstanden. Selbst Filibo war bereits etwas gelangweilt.

»Ihr beiden habt einfach keinen Humor«, beschwerte er sich und änderte den Text auf *Formwandler auf Abwegen*. Fragend blickte er die beiden an. Klara nickte.

»Warum nicht? Und jetzt sieh zu, dass du unseren Einkauf bekommst, Reginald. Und bitte denk unbedingt an den Pfeffer!«

Kapitel 2
Steck sie ein und bezahle den Preis

Auf dem Weg zum Markt liefen Reginald und Filibo einige bekannte Gesichter über den Weg. Man kannte sich eben in diesem Viertel der Stadt. Einer der näheren Nachbarn sprach ihn sogar auf die Gestalt seines Gefährten an:
»Na, hat Filibo wieder einen Schnupfen?«, wollte Herbie aus dem Haus schräg gegenüber wissen. Doch Reginald winkte lächelnd ab und bedankte sich höflich für das Interesse des älteren Mannes. Er war eben ein gut erzogener junger Mann. Der Gepard, der natürlich alles verstand, was über ihn getratscht wurde, ignorierte die teilweise spöttischen Sprüche. Er war es bereits gewohnt. Es dauerte meist ein paar Stunden, bis er den vollen Funktionsumfang seines neuen Körpers bedienen konnte. Leider gelang es ihm noch nicht zu knurren, sonst hätte er den Spöttern schon Respekt eingeflößt. Doch bis dahin schaffte es Reginald ganz gut, die neugierigen Nachbarn und Bekannten auf Abstand zu halten. Noch bevor sie die Alraunensiedlung, in der sie wohnten, verließen, lief ihnen Lili über den Weg. Eine langjährige Freundin und Schulkollegin von Reginald.
»Hallo Reggy! Hey Filibo!« Sie erkannte den Gestaltwandler in jeder Form immer sofort. »Wie geht es euch?«
Lili, wie sie von ihren Freunden liebevoll genannt wurde, war sehr hübsch. Sie hatte aschblondes Haar bis zu den Schultern, welches meistens zu einem quirligen Zopf gebunden war. Außerdem trug sie eine altmodische Brille, die sie eigentlich nicht brauchte, da Fehlsichtigkeit sehr einfach mit Magie korrigiert werden konnte, aber sie besaß sie eher als Markenzeichen.
»Danke, uns geht es gut. Wir sind gerade auf dem Weg zum Markt, möchtest du mitkommen? Ich spendiere dir auch ein Eis«, gab Reginald zur Antwort.
»Nein, geht leider nicht. Ich muss zu meinem Onkel und ihm im Garten helfen. Er hat wohl die fleischfressenden Pflanzen mit dem falschen Dünger bearbeitet und gestern wollten sie seinen Hund

verspeisen.«
Filibo machte große Augen und zitterte leicht bei diesem Gedanken. Der Hund von Lilis Onkel war so groß wie ein Kalb.
»Ach, Fili, hab keine Angst! Ich passe schon auf dich auf und außerdem bist du ja jetzt viel größer als zuletzt.« Sie lächelte dem Tier aufmunternd zu. »Wie ist denn das eigentlich wieder passiert Reggy?«, wandte sie sich an den jungen Zauberer und stemmte ihre Fäuste vorwurfsvoll in ihre Taille.
»Warum sollte ich schuld sein?«, stotterte Reginald verlegen vor sich hin.
»Du bist doch fast immer schuld. Und außerdem hat er es mir gesagt.« Sie deutete auf den Geparden.
Reginald wusste natürlich, dass Lili die sehr außergewöhnliche und seltene Gabe hatte, die Gedanken von Tieren zu lesen. Aber dass sie so schnell dahinterkommen würde, damit hätte er nicht gerechnet. Reginald wollte sich erklären, doch Lili schnitt ihm das Wort ab.
»Naja, seien wir froh, dass niemandem etwas zugestoßen ist. Nicht so wie damals, als du ihn im Winter vor zwei Jahren unbedingt mit aufs Eis nehmen wolltest am großen Teich drüben in Grünwalde. Und als er sich nach einem Niesen 10 Meter über dem Eis fliegend als Raben in ein Nilpferd verwandelt hat.«
Reginald blickte schuldbewusst zum Boden.
»Ich wusste nicht, dass er damals erkältet war. Und das heute war auch ein Missgeschick.«
»Ist ja gut«, Lili klopfte ihm auf die Schulter. »Ich glaube dir... ausnahmsweise«, dabei lächelte sie ihn an.
»Na gut, Jungs, es war schön, euch zu treffen. Aber ich muss jetzt los, bevor sich die Flora meines Onkels noch an seiner Fauna gütlich tut.« Lili liebte Wortspiele und Ausdrücke, die niemand außer ihr selbst verwendete. Ihre etwas schrullige und doch immer herzliche Art war ein Grund, warum Reginald und Filibo sie so gerne hatten.
»Alles klar. Viel Erfolg und lass dich nicht anknabbern«, empfahl ihr Reginald und sie verabschiedeten sich.
Während sie so vor sich hin marschierten, dachte Reginald nochmal an den Instant-Zauber, den er vorhin ausgeführt hatte.

»Wenn wir noch Zeit finden, müssen wir uns nach neuen Instant-Zaubern umsehen, Fili. Vielleicht finden wir wieder etwas Interessantes für mein Level. Außerdem müssen wir sowieso zu Willi, wegen der Brücke.«
Filibo stimmte ihm zu und fiepte ihn an. Die neue Kommunikationsform war für beide noch gewöhnungsbedürftig, aber Reginald verstand ihn trotzdem ganz gut. Auch wenn es nach einer Verwandlung Filibos immer einer gewissen Eingewöhnungsphase für beide bedurfte.
»Schön, dass du meiner Meinung bist«, sagte er und tätschelte ihm den Kopf.

Nach einem Fußweg von ungefähr zwanzig Minuten erreichten sie den Markt. Es war tatsächlich viel los. Die Menschen kauften wie verrückt ein, als gäbe es eine Nahrungsmittelknappheit. Aber das Gegenteil war der Fall. Reginald kramte die Einkaufsliste aus der eingenähten Tasche seines Umhangs und studierte die darauf befindlichen Buchstaben.
»Vielleicht hätte ich etwas deutlicher schreiben sollen«, murmelte er vor sich hin. Doch schließlich gelang es ihm, die zu kaufenden Dinge zu entschlüsseln. Als erstes besuchten sie den Kräuterhändler. Der war zwar nicht sonderlich gut gelaunt, aber Reginald schaffte es trotzdem, den Preis mit ein wenig Verhandeln zu drücken. Er kaufte vier verschiedene Kräuter, drei unterschiedliche Salze und einen kleinen Sack Pfeffer, den seine Tante offenbar am dringendsten erwartete. Danach galt es, Obst zu organisieren und das ging am besten bei seinem Lieblingsobststand.
»Servus, Reggy!«, rief ihm der Verkäufer schon von Weitem zu, als er ihn und Filibo kommen sah.
»Guten Tag, Diddy, wie geht es dir?«, entgegnete Reginald und reichte ihm die Hand.
»Ach ja, danke gut. Man kann nicht genug klagen, wie ich immer sage«, er lächelte dabei. »Was kann ich für dich tun?«
»Ich bräuchte bitte diese drei Dinge.« Er zeigte Diddy die Liste und deutete auf die benötigten Gemüsesorten. Reginald mochte Diddy, er kaufte fast immer etwas bei ihm. Manchen war er etwas suspekt, da er nicht von hier war. Er kam von weit her, niemand

wusste so genau, wo das war.
»Ja, das habe ich alles da. Die toten Tomaten habe ich sogar vor zwei Stunden frisch reinbekommen. Dort hinten sind die rüstigen Rüben und hier gleich neben dir sind die parfümierten Stinkmorcheln. Such dir einfach aus was dir gefällt, du weißt ja, wie es läuft«, wies Diddy seinen Stammkunden an.
Reginald nickte und sammelte das Gemüse ein. Danach ging er zu Diddys Kassa und bezahlte seine Einkäufe.
»Möchtest du ein Sackerl?«, fragte der Obsthändler.
»Ein was?«
»Ein Sackerl«, wiederholte Diddy und fügte hinzu: »Ach so. Ob du eine Tüte haben möchtest.«
»Ah, nein danke, nicht nötig«, antwortete Reginald über den Ausdruck erheitert, nahm seinen Hut ab und warf sowohl das Gemüse als auch die vorhin gekauften Kräuter hinein. Der auswärtige Obsthändler war überrascht.
»Wow, ein unendlicher Hut. Das wusste ich ja gar nicht«, staunte Diddy.
Reginald lächelte ihn nur milde an, bedankte sich und machte sich daran, den nächsten Marktstand zu besuchen.

Beim Spirituosenhändler wurde Reginald aufgefordert, sich auszuweisen. Er machte sich einen Spaß daraus, derlei Kontrollen ins Lächerliche zu ziehen, indem er immer einen gefälschten Rentnerausweis dabeihatte. Darauf stand: *Reginald R. Blütenwald. Rentner aus Leidenschaft und Ehrenmitglied des Schachklubs.*
Da es dem Händler im Prinzip egal war, was auf dem ihm überreichten Ausweis stand, nickte er das Dokument ab und verkaufte ihm die nötigen Spirituosen. Es ging viel mehr darum, nur den Schein aufrechtzuerhalten, dass hier streng kontrolliert würde.
Kamquark war nicht unbedingt eine Stadt der Rechtschaffenden und Retter der Witwen und Waisen. Vielmehr war es ein aufkochender Schmelztiegel aus Gaunereien, Korruption und Schmuggelhandel. Selbst wenn ein Vorschulkind hier kaufen wollen würde und sich mit seinem Mitgliedsausweis des Hosenpupser-Vereins ausweist, würde es bedient werden. Die nötigen finanziellen Mittel vorausgesetzt. Reginald konnte das

bestätigen. Er hatte es im zarten Alter von fünf Jahren erfolgreich versucht. An diesem Tag hatte er übrigens auch seinen ersten richtigen Rausch.

Auf dem Weg zu seinem nächsten Ziel kam er bei einem besonderen Verkaufsstand vorbei. Beschriftet war er mit der Aufschrift: »Dinge, die Sie nicht brauchen«, und darunter in kleineren Lettern: »Die wir Ihnen aber trotzdem überteuert feilbieten.« Daneben war ein extra Holzschild angebracht mit den Worten: »Wenigstens sind wir ehrlich!« Das war in Kamquark jedenfalls schon mal ein Alleinstellungsmerkmal. Reginald schüttelte den Kopf und versuchte, sich das Marketing-Genie hinter dieser Kampagne vorzustellen. Der Verkäufer des Standes war ein unauffälliger Mann. Zurückhaltend saß er da und kaute an einem Grashalm.
Reginald ließ es sich nicht nehmen, auch hier etwas zu wühlen, um möglicherweise ein Schnäppchen abzugreifen. Erst fand er Eislaufschuhe mit beheizten Kufen, in pink. Der Preis war beachtlich.
»Hm, könnte ich die brauchen?«, fragte sich Reginald laut denkend.
»Nope«, sagte der Verkäufer, ohne sich dabei sonderlich zu regen.
»Vielleicht für meine Tante?«, fügte Reginald diesmal direkt an den Verkäufer gerichtet hinzu. »Auch nicht«, entgegnete dieser wieder völlig ohne jede Emotion.
Reginald legte die Sportgeräte wieder zur Seite. Als nächstes fand er eine handbetriebene Küchenmaschine. Auf ihr befand sich ein Hinweis: »Nicht in der Küche verwenden!« Wieder musste Reginald den Kopf schütteln. Nach weiteren Nachforschungen kam er zu dem Schluss, dass es hier nichts für ihn gab.
»Hier kann man ja echt nichts gebrauchen. Oder können sie irgendetwas empfehlen?«
Der Verkäufer sah nun das erste Mal auf, holte Luft und sagte: »Da stimme ich ihnen zu. Und nein.« Er neigte den Kopf wieder nach unten und kaute weiter an seinem Grashalm. Reginald verharrte noch zwei Sekunden, zuckte dann mit den Achseln und sah auf seine Einkaufsliste, um herauszufinden, wo es als nächstes hingehen sollte.

»Hey du!«, riss ihn plötzlich eine kratzige Stimme aus seinen Gedanken.
»Wer, ich?«, fragte er den Mann vom Marktstand gegenüber.
»Nein, der Typ neben dir.«
»Oh«, sagte Reginald überrascht und tippte dem Herrn neben sich auf die Schulter. »Entschuldigen Sie, ich glaube der Herr da drüben…«
»Natürlich meine ich dich, du Idiot!«
Reginald schnaubte leicht verärgert und deutete Filibo mitzukommen. Er wechselte zur anderen Marktseite. Bevor er dem Verkäufer seine Empörung aussprechen konnte, unterbrach ihn dieser.
»Ich habe da etwas Interessantes für dich, oder besser für deinen Freund«, biederte er sich Reginald an.
»Was sollte ein Billigschmuckhändler schon Interessantes für uns haben?«, antwortete Reginald nun auch etwas schnippisch.
»Sei doch nicht gleich eingeschnappt, Bürschchen. Ich dachte mir, das, was ich dir zeigen möchte, gefällt dir vielleicht. Hier, sieh mal.« Er schob zwei der Tassen mit billigem Blechschmuck zur Seite und offenbarte eine darunterliegende Tasse. Sie war bestückt mit Runen, magischen Runen. Reginald starrte auf die Tasse und konnte seinen Augen nicht glauben.
Magische Runen waren im freien Handel höchst illegal, mehr noch als das Verkaufen von Alkohol an Kinder. Mit dem Unterschied, dass man für den Handel dieser Dinger für mehrere Jahre im kamquarianischen Steinbruch arbeiten durfte, was nicht gerade einem Ferienlager entsprach. Schön braun wurde man dabei, aber das war auch schon der einzige Vorteil. Reginald hatte gleich das Gefühl, dass mit dem Typen etwas nicht stimmte.
»Vielen Dank, Sir. Aber die lassen Sie wohl besser wieder verschwinden, bevor die Wache noch einen Blick darauf wirft«, antwortete er, nun wieder an seine gute Erziehung denkend, und wandte sich ab. Doch ehe er gehen konnte, ergriff ihn eine unsichtbare Macht, die ihn an Ort und Stelle festhielt. So, als wäre er angewurzelt. Als sich Reginald nochmals an den Mann zurückwandte, erkannte er, dass dieser ihn lächelnd mit einer Telekinese-Rune festhielt. In der linken, fest geschlossenen Faust

hielt er den münzgroßen Runenstein und mit der anderen vollführte er die festhaltende Bewegung in der Luft.
»Na, habe ich dich vielleicht doch noch überzeugt?«, fragte der Schmuckhändler süffisant.
Reginald war ein anständiger Zauberer. Aber wie auch die anderen liebte er natürlich die Magie. Und Runen waren etwas Unglaubliches. Sie erlaubten es, dem Anwender jeden der Rune innewohnenden Zauber zu wirken, ohne Rücksicht auf das magische Level der zaubernden Person. Er könnte Level-10-Zauber wirken. Eine Ebene der magischen Macht, die man erst nach Jahrzehnten des Magiestudiums erlangte und zu beherrschen lernte. Von einigen Talenten und gesegneten Zauberern mal abgesehen. Aber genau hier lag der Pfeffer im Korn. Ohne die nötige Ehrfurcht vor der Magie und dem jahrelangen Training konnte es sehr gefährlich sein, derart starke Zauber zu wirken. Ein weiterer großartiger Effekt der Runen war, dass sie, wie auch Instant-Zauber, voraufgeladen waren. Man musste also nicht seine eigene innere magische Energie, das Mana, anzapfen, sondern die Rune lieferte die Kraft. Irgendwann wird auch diese aufgebraucht, aber das konnte bei einer gut gefertigten Rune Jahre dauern. Instant-Zauber dagegen waren nach einer Entladung oder bei meisterhaft gefertigten Exemplaren maximal drei Entladungen wertlos.
»Nein, danke, und jetzt lass mich los, du schmieriger Halunke, sonst...«
»Sonst was? Hetzt du mir dein Schmusekätzchen auf den Leib? Ich bitte dich. Hör mir doch zu, was ich dir anbiete.« Er ließ den Zauber frei und somit auch Reginald, der sich nun wieder bewegen konnte. Sein Innerstes riet ihm, sich umzudrehen und zu gehen. Aber er war zwiegespalten. Seine Neugier behielt vorerst die Oberhand. Denn bislang hatte er nur eine oder vielleicht zwei Runen in der Akademie in Aktion gesehen. Und das auch nur während einer Vorführung aus weiter Ferne. Das hier war also die Gelegenheit, sich so eine Rune mal näher anzuschauen. Interessiert warf er einen vorsichtigen Blick auf die halb verdeckte Tasse mit den Runen. Sie blitzten ganz zart in den Farben rot, blau und grün. Er erinnerte sich nicht mehr genau,

was die Farben der Runen zu bedeuten hatten, aber es hing irgendwie mit dem Stand der Gestirne zur Stunde der Erstellung zusammen.
»Na bitte! Ich wusste doch, du bist ein kluger Junge und lässt dir so eine Chance nicht entgehen«, sagte der Händler freudig grinsend. »Was darf's denn sein, ein Schutzschild, eine Liebesrune, die klassische Telekinese, die ich dir ja schon vorgeführt habe, oder vielleicht eine Gestaltkontrollrune für deinen vierbeinigen Freund? Hier findest du kostengünstige Runen bis Level 6.«
Level 6 war beachtlich.
»Wow, mit einem Level-6-Telekinese-Zauber lässt sich eine Pferdekutsche samt Gespann anheben«, schwärmte Reginald vor sich hin.
»Oder die fette Tochter des Bürgermeisters«, ergänzte der zwielichtige Händler grinsend.
»In den falschen Händen wäre dies eine tödliche Waffe«, dachte der junge Zauberer nun bei sich. Und dann musste er schmunzeln, als er vor seinem geistigen Auge eine schwer übergewichtige Frau durch die Luft fliegen sah.
»Wieviel sollen die Runen kosten?«, wollte er aus reinem Interesse wissen.
»Ach, mein Sortiment ist sehr günstig. Für ein paar Silber oder einen kleinen Gefallen kannst du dir eine aussuchen.« Er streckte ihm die Telekinese Rune entgegen.
»Sieh sie dir ruhig mal genauer an.«
»Und was soll das…«, er ergriff den Runenstein, der zartblau aufblitzte und vergaß weiterzusprechen. Langsam und mit der nötigen Menge an Ehrfurcht betrachtete er das magische Kleinod in seiner Hand. Seine Augen wurden immer größer, je länger er die Rune in der Hand hielt. Er wusste, dass es nicht rechtens wäre eine nicht registrierte Rune zu besitzen, geschweige denn von einem Schmuggler zu kaufen. Der junge Zauberer grübelte, ob er die Chance ergreifen solle oder nicht, und in diesem Moment meldete sich sein Gewissen. Oder besser gesagt, eine innere Stimme, die ihn gerne zu Abenteuerlust und auch ein bisschen Regelwidrigkeit anspornte.

»Worauf wartest du? Steck sie ein und bezahle den Preis! So eine Gelegenheit ergibt sich vielleicht sobald nicht wieder«, machte ihm die Stimme in Form einer kleinen, in rot gekleideten Gestalt auf seiner rechten Schulter mit einer kratzigen Stimme schmackhaft.
»Und nimm am besten noch eine zweite dazu!«
»Ich weiß nicht, ich sollte das nicht tun«, gab Reginald seiner inneren Verführung zur Antwort.
»Du hast recht, Reginald. Es ist nicht korrekt, die Rune anzunehmen. Leg sie zurück, bedanke dich und wandle von dannen«, kommentierte ein weiß gekleideter, bärtiger Reginald auf seiner linken Schulter, der ihn, wie immer, von Dummheiten abzuhalten versuchte und ihn auf den Weg der Tugend zurückführte.
»Mit wem redest du da?«, wollte der Händler wissen, »Wenn du tote Menschen siehst, dann habe ich noch eine Rune, die dir gefallen könnte. Den Sechsten-Sinn-Löscher. Habe ich schon ein paarmal verkauft. Man muss aber aufpassen. Die Dinger erzeugen manchmal einen eigenartigen Twist wurde mir gesagt. Was auch immer das zu bedeuten hat.«
»Ähm, nein… ich habe nur mit mir selbst gesprochen«, beteuerte Reginald etwas beschämt.
»Ich habe nicht genug Silber bei mir. Was soll denn dieser Gefallen sein, den man stattdessen für Euch erledigen könnte?«, wollte der Zauberer wissen.
»Ach, nichts Aufregendes. Ich brauche nur jemanden, der mir ein Paket ins Exil bringen kann.« Er holte ein kleines, quadratisches Päckchen, ungefähr zehn mal zehn Zentimeter, unter seiner Warentheke hervor und stellte es vor Reginald hin. Filibo streckte seine Nase in Richtung des mattschwarzen Pakets und gab ein sanftes, aber doch hörbares Knurren von sich. Es erschreckte ihn selbst etwas, da er es das erste Mal in dieser Gestalt geschafft hatte, dieses Geräusch von sich zu geben. Stolz streckte er die Gepardenbrust heraus und wartete auf seinen verdienten Applaus.
Der Applaus blieb aus, aber Reginald nahm das Knurren seines Freundes wahr und daraufhin traf er eine Entscheidung.

»Danke für das Angebot, aber ich verzichte.« Mit diesen Worten legte er die Telekinese-Rune zurück und verließ den Marktstand ohne sich ein weiteres Mal umzudrehen.
»Wie du meinst«, murmelte der Verkäufer mürrisch und ließ die Runen wieder verschwinden.
»Ich bin stolz auf dich, Reginald«, sagte der weißbärtige Miniaturzauberer auf seiner linken Schulter.
Reginald und Filibo marschierten nun beide mit geschwollener Brust durch die Straßen des Marktes. Seine Einkaufsliste verlangte unter anderem noch nach einigen Lebensmitteln. Aber sein nächstes Ziel sollte sein Lieblingsgeschäft sein: Willibalds Instant-Gadgets.

Als sie beim Geschäft angekommen waren, blieb Reginald vor der Türe stehen und atmete tief durch.
»Ich liebe diesen Shop, Filibo. Wenn ich mal ein großer Magier bin, will ich auch so ein Geschäft führen.« Er schloss die Augen und schwelgte in Zukunftsvisionen. Filibo hatte schon blutende Ohren, da er sich diesen Spruch jedesmal anhören musste, wenn sie hier vorbeikamen. Er wünschte sich, nach seiner nächsten Niesattacke zur gehörlösen Viper zu mutieren. Sie betraten das Geschäft.

Kapitel 3
Cooles Teil, Alter

Heute war in Willis Shop mehr los als sonst. Reginald hatte es schon schwer, überhaupt bei der Eingangstüre reinzukommen, so viele Leute standen alleine im Eingangsbereich herum. Viele jubelten, kreischten und winkten flehend mit einer Art Postkarte. Filibo lief neugierig schauend hinter ihm her. Diesmal hatte er sich mit reingeschlichen in der Hoffnung, nicht rausgeworfen zu werden. Das sollte ja aber auch klappen, immerhin verwies das Schild am Eingang mit der Aufschrift „Ich muss draußen bleiben« eindeutig auf einen Hund. Und da Filibo seit einigen Stunden kein Hund mehr war, sollte das ja wohl kein Problem sein.
Nachdem sich die beiden die ersten Meter ins Geschäft und durch die Menschenmassen vorgearbeitet hatten, erkannte Reginald den Grund für den Auflauf und das Gekreische der jungen Frauen und so manchem euphorischen Mann. In der hinteren Ecke des Geschäfts war eine Tribüne aufgebaut, auf der jemand saß und Autogramme verteilte. Reginald konnte nicht sofort erkennen, um wen es sich handelte, aber er konnte sich denken, wer sich hier von seinen Fans anhimmeln ließ.
Zwei hart erkämpfte Meter später, konnte er einen Blick auf die Person erhaschen. Seine Annahme wurde bestätigt. Es handelte sich um Aros Joy Muriel Maximus Titus Fidelius Prudence dem Großen. Zumindest nannte er sich nun schon seit einiger Zeit so. Was nicht hieß, dass das sein richtiger Name war. Niemand wusste das so genau, aber alle nannten ihn kurz: Aros.
Aros war der Schöpfer der bekannten Welt. Ja, so mancher würde ihn als Gott bezeichnen. Aber er selbst fand diesen Ausdruck viel zu profan, zu langweilig. Daher nannte er sich immer anders, wie es ihm eben gerade gefiel. Genau wie er seinen Namen änderte, wechselte er auch hin und wieder seine Gestalt, aber am häufigsten wechselte er seine Profession. Aktuell war er als Sänger und Musiker bekannt und ließ sich in allen Ecken der Welt feiern. So auch hier, in Form einer Autogrammstunde.

Die Menge schob Reginald voran und trennte ihn von seinem Gepardenfreund. Er versuchte sich etwas aus der Masse herauszuwühlen, aber inmitten der freudvoll tobenden Fans wollte ihm das nicht recht gelingen. Plötzlich knöchelte er um und fiel direkt vor der Tribüne zu Boden. Sein Hut nutzte abermals die Chance, sich von seinem Kopf zu lösen und landete vor den Füßen des Musikergottes.
Die Menge erstummte als sich dieser erhob und den Hut ohne sich zu bücken mit telekinetischen Kräften aufhob. Er hielt ihn kurz in Händen und begutachtete ihn. Reginald sah zu ihm auf und war sich nicht sicher, was nun passieren würde. Man konnte eine Stecknadel fallen hören, so leise war es. Irgendjemand hatte immer eine Stecknadel dabei, um sie in so einem Moment fallen zu lassen. Das war ein ungeschriebenes Gesetz Kamquarks.[1]
»Cooles Teil, Alter!«, rief Aros erfreut in seiner derzeitig vorrangig verwendeten Jugendsprache. »Ein unendlicher Hut. Ha! Eins der genialsten Dinge, die ich je geschaffen habe. Wobei, wenn ich so drüber nachdenke, ist alles genial, was ich erschaffe. Naja, pass jedenfalls gut auf den Hut auf, Kumpel. Davon gibt's nur eine Handvoll.«

Ehe Reginald etwas erwidern konnte, lies Aros den Hut auf ihn zufliegen und platzierte ihn sanft auf seinem Kopf. Während sich der junge Zauberer erhob und sich den Staub von den Kleidern putzte, kam Aros auf ihn zu.
»Pass ein bisschen auf deine ungeschickten Beine auf«, er lächelte ihn dabei an. Nach ein paar Sekunden fügte er hinzu: »Wolltest du nicht noch etwas von mir?«
Reginald wusste nicht recht was er sagen sollte. Doch dann stammelte er ganz verlegen und eher fragend als antwortend: »Ähm, danke?«
Aros lachte. »Du wolltest doch sicher das hier.« Dabei streckte er

---

[1] Auszug aus dem Buch »Die Geschichte Kamquarks«, Band 4, aus dem kamquarianischen Hauptmagistrat:
Neben den kamquarianischen Gesetzen, gibt es sogenannte ungeschriebene Gesetze. Diese wurden im Buch »Ungeschriebene Gesetze« mit unsichtbarer Tinte von Analphabeten niedergeschrieben.

ihm eine unterschriebene Autogrammkarte entgegen, die Reginald zaghaft nickend annahm.
»Deswegen seid ihr doch alle hier!«, rief der selbstverliebte Gott und begann sich, wie ein Kreisel zu drehen. Nach wenigen Sekunden flogen Autogrammkarten in alle Richtungen und die Menge begann wieder zu toben. Eine ganze Weile hielt das göttliche Kreisel bis es sich mit einem klangvollem Plopp kurzerhand auflöste und nochmals hunderte Karten in die Menge schleuderte.
Die aufgeregten Fans versuchten hektisch, so viele Karten wie möglich zu ergattern. Für kurze Zeit herrschte das pure Chaos. Doch bald beruhigte sich die Lage und jeder hatte ein unterzeichnetes Schriftstück erhalten. Reginald sah auf seine Karte und las:
»Für den coolsten Level-3-Zauberer Reginald.« Obwohl Reginald nicht viel mit derlei Dingen anzufangen wusste, musste er dennoch schmunzeln und ließ die Karte in seinem Hut verschwinden. Langsam lichtete sich der Shop, da die Menschen diesen nun glücklich und zufrieden verließen. So mancher hatte noch etwas gekauft, was dem Laden einen dicken Gewinn einbrachte.
»Gut für Willi«, dachte Reginald und sah sich nach dem Shop-Besitzer um. Filibo hatte sich bereits wieder an Reginalds Seite begeben und schmiegte sich an seine Beine. Reginald kraulte seinen Freund hinter den Ohren.

»Hey, Reggy, alles fit bei dir?«, rief eine Stimme hinter ihm. Als er sich umdrehte sah er ihn, Willibald, seinen Kumpel und Besitzer dieses Ladens. Er war ein großer und stämmiger Kerl mit einer Halbglatze, dafür aber umso mehr Gesichts- und Körperbehaarung.
»Hallo, Willi. Ich denke, mir geht es gut, danke. Ich hatte gerade eine interessante Begegnung mit Aros.« Er grinste und reichte seinem Freund die Hand.
»Du weißt ja, unser Schöpfer ist immer für eine Überraschung gut. Das hier war auch gar nicht geplant. Er kam vor einer Stunde, schnippte zweimal und schon war mein Laden komplett umgeräumt und die Tribüne stand bereit.« Willi deutete auf die

Tribüne, die bereits von fleißigen Arbeitskobolden abgebaut wurde.
»Die Arbeit bleibt wie immer uns, aber das macht nichts. So ein Besuch bringt meinem Laden immer einen ziemlichen Umsatz. Die Leute kaufen im anhaltenden Freudentaumel deutlich mehr und ungehemmter als sonst.«
»Schön für dich, Willi. Freut mich, dass es gut läuft bei dir.« Reginald stieß mit seiner Faust freundschaftlich gegen die Schulter seines Gegenübers.
»Ich muss leider bald weiter und habe nicht viel Zeit. Ich bin eigentlich nur in der Gegend, weil ich für meine Tante ein paar Besorgungen machen soll. Aber ich dachte mir, ich schau gleich mal bei dir rein, du weißt schon, warum.« Reginald zwinkerte Willibald schicksalsträchtig zu.
Willi legte seine Hand ans Kinn, streckte seinen Bauch raus und grübelte kurz.
»Warum blinzelst du so? Willst du wieder in den Ab-18-Bereich meines Ladens? Ich habe dir schon mal gesagt, dass ich das nicht tun kann.«
»Nein, nein, ich wollte nur wissen, ob meine Bestellung schon da ist.«
»Natürlich, deine Bestellung auf die du seit zwei Wochen wartest. Die ist gestern endlich angekommen. Ich glaube, die mussten erst Dimensionswachs nachzüchten, die Dinger sind derzeit echt schwer zu bekommen.«
Reginald schmunzelte, da sich seine Gedanken für einen Moment auf den Ab-18-Bereich konzentrierten, aber dann hatte ihn die Realität wieder und er rieb sich erquickt die Hände, da er sich auf das Paket freute, das ihn erwartete.
»Sehr gut. Na dann her damit, ich bin schon ganz aufgeregt.« Die Hände Reginalds schwitzten vor Freude. Willi ließ sich nicht lange bitten und ging mit dem jungen Zauberer zur Verkaufstheke, unter der er das Päckchen für Reginald hervorholte und ihm überreichte.
»Hier für dich«, sagte er und machte ein verzwicktes Gesicht.
»Ich muss dir aber leider das Doppelte verrechnen, Reggy.«
»Was?«

Reginald war empört und überrascht zugleich, »So viel gleich?«
»Ja, leider. Wie gesagt sind die Dinger aktuell stark vergriffen und du kennst ja die beiden Preistreiber namens Angebot und Nachfrage.«
Natürlich kannte Reginald die beiden Halsabschneider. Frank Angebot und Robert Nachfrage waren die beiden erbarmungslosesten Verkäufer, Händler und Importeure in ganz Kamquark. In vielen Bereichen machten sie die Preise in der Stadt und es gab kaum eine Möglichkeit, dagegen vorzugehen.
»Außerdem handelt es sich bei dem Instant-Zauber um eine höhere Qualität wie ich gesehen habe. Ich denke, du wirst ihn zwei- bis dreimal einsetzen können.«
Reginald seufzte, warf einen Blick auf das Paket und bezahlte dann den geforderten Preis etwas widerwillig. An der Enttäuschung über die hohen Kosten konnte selbst die gesteigerte Produktqualität nichts ändern. Trotz des hohen Preises ließ er es sich aber nicht nehmen, seine neue Errungenschaft sofort zu inspizieren. Er stellte das Paket auf den Tresen und öffnete es. Darin war ein weiteres Päckchen mit der Aufschrift: Interdimensionale Brücke.
Reginalds Augen blitzen vor Entzückung. Es schien, als wäre er in einer Zeitschleife gefangen, da er sich mehrere Sekunden nicht bewegte und auch nicht atmete. Filibo stieß ihn mit seiner Nase an, um ihn daran zu erinnern, wieder Luft zu holen. Mit dieser tierischen Berührung atmete Reginald tief ein und hob das Paket an, um das Kleingedruckte zu lesen:

»Legendärer Instant-Zauber-Level-3, beinhaltet Eingang und Ausgang. Tor hält nach Anwendung mehrere Minuten. Kann zwei- bis dreimal eingesetzt werden.
Warnung: Niemals nur ein Portal verwenden – immer Eingang mit Ausgang kombinieren.«

»Was das wohl bedeuten mochte«, dachte Reginald bei sich.
»Du siehst zufrieden aus«, sagte Willibald und der junge Zauberer nickte ferngesteuert. »Wenn ich dich jetzt aber bitten darf, auf die Seite zu gehen. Da wartet noch mehr Kundschaft.« Reginald warf einen Blick über seine Schulter und stellte fest, dass bereits fünf

weitere Kunden hinter ihm darauf warteten, bedient zu werden.
»Natürlich, tut mir leid«, entschuldigte sich der Zauberer und ließ das Paket wie alle anderen Einkäufe zuvor in seinem Hut verschwinden.
»Ich muss ohnehin weiter, Willi. Ich hätte gerne mehr Zeit, mich hier noch umzusehen, aber meine Tante kann echt hässlich werden, wenn ich sie zu lange auf die Einkäufe warten lasse.«
Willibald grinste, sie reichten sich die Hände und verabschiedeten sich. Auch Filibo nickte dem stämmigen Ladenbesitzer zu, der den Gruß winkend erwiderte. So verließen die beiden den Shop und machten sich auf, um die restlichen Einkäufe zu erledigen.

Kapitel 4
Klebriger Eiter nochmal

Reginald stand vor Willis Shop und atmete tief und zufrieden durch. Er unterbrach die Atembewegung aber sogleich, da ihn seine feine Nase wieder in Erinnerung rief, wie grässlich es in den Straßen Kamquarks riechen konnte. Daher ging er wieder in eine flache und zurückhaltende Atmung über. Man nannte dies auch die kamquarianische Städter-Atmung. Bevor er noch den ersten Schritt zurück zu den Marktständen machen konnte, sah er in der Ferne ein bekanntes Gesicht.
Mock, ebenfalls ein Zauberschüler aus Reginalds Jahrgang kam aus einer der Marktgassen und bog sogleich links in eine dunkle, lange Gasse in Richtung Hafenviertel ab. Filibo sah ihn ebenfalls und bellte einmal kurz, bevor er seinen zweibeinigen Freund anstarrte. Reginald wusste nicht, was der Gepard von ihm wollte, aber nach mehrmaligen richtungsweisenden Kopfbewegungen des Vierbeiners kapierte es auch der junge Zauberer. Filibo versuchte ihn, auf das aufmerksam zu machen, was Mock in der Hand hielt. Es war ein mattschwarzes Paket!

»Das kann doch nicht…«, stammelte Reginald mit Zweifel in der Stimme, »… die Kiste von dem Runenschmuggler sein!« Mit diesen Worten setzte er sich in Bewegung und deutete Filibo, ihm zu folgen. Dieser heftete sich sofort an seine Fersen.
Nach wenigen Metern hatten sie Mock eingeholt. Das war auch nicht sonderlich schwer, denn Mock war nicht gerade der Sportlichste. Um genau zu sein, hatte er sehr kurze Beine, stark ausgeprägte Schwimmreifen und eine auserlesene Kinnsammlung.
»Mock!«, rief ihm Reginald hinterher, »Warte mal!« Mock blieb stehen und als er seinen Schulkollegen erkannte, antwortete er mit einem Lächeln.
»Hey, Reggy, du hier? Wie geht's?«
Dann erkannte er auch den Geparden.

»Ah und Filibo. Hallo. Warst du nicht das letzte Mal, als wir uns gesehen haben noch ein Hund?«
»Hey, Mock. Alles klar? Jaja, war er. Sag, was machst du mit der Kiste da?«, wollte der junge Zauberer ohne weitere Umschweife wissen.
»Ach, ich bring die schnell mal rüber ins Exil. So ein Typ am Markt hat mir angeboten, ihm zu helfen«, erklärte sich der schwergewichtige Paketlieferant.
»Aha, und hat er dir dafür auch etwas versprochen?«
»Ja, er hat mir drei Lollipops und eine Tafel Schokolade versprochen.«
Reginald atmete beruhigt aus und seine Anspannung löste sich. Nicht auszudenken, in welchen Schwierigkeiten Mock stecken könnte, hätte er eine der illegalen Runen angenommen. Reginald selbst war ja schon in Versuchung gekommen zuzugreifen.
»Aber vorab durfte ich mir schon so ein Zaubersteinchen aussuchen«, fügt Mock hinzu und griff in seine Hosentasche, um einen rot blitzenden Stein herauszuholen.
Reginald fiel aus allen Wolken. Er hatte sich dazu verleiten lassen, eine Rune anzunehmen. Der rote Stein lag nun in Mocks Hand. Er war rund und flach, aber etwas dicker und größer als eine Silbermünze.
»Der Junge hat's drauf! Nimmt sich gleich den Feuerzauber! Inferno sag ich nur!«, meldete sich die rote Miniatur Reginalds wieder von der rechten Schulter.
»Ach was«, entgegnete die blaue Miniatur, »Das Ding macht ihm und seinem Umfeld nur Schwierigkeiten.«

Reginald schüttelte den Kopf, um einen klaren Gedanken zu fassen.
»Mock, wir müssen die Rune und das Paket zurückbringen. Weißt du, was dir blüht, wenn dich die Wachen damit erwischen? Und weißt du überhaupt was da drinnen ist?«
»Nö«, sagte Mock lapidar und zuckte mit den Achseln. »Ich bringe es ins Exil und dann geht es mich nichts mehr an.«
Der junge Zauberer holte Luft, um ein weiteres Argument hervorzuzaubern, welches Mock dazu bewegen sollte, das Paket und die Schmuggelware alsbald loszuwerden, aber plötzlich

unterbrach ihn das diesmal recht laute Knurren seines vierbeinigen Freundes.
Filibo, der knapp neben den beiden Jungzauberern stand, starrte in Richtung Markt. Am Eingang der dunklen und unbelebten Gasse, in der sie sich befanden, standen nun drei finstere Gestalten. Filibos Rückenhaare standen bereits zu Berge und seine Muskeln spannten sich vor Aufregung. Aus seinem fletschenden Maul strömte Speichel und sein Knurren wurde immer intensiver.
»Klebriger Eiter nochmal!« Für Reginald, der genau wusste, was es bedeutete, wenn sein Freund so reagierte, gab es nur noch zwei Auswege. Kämpfen oder laufen. Er entschied sich für Letzteres.
»Komm, Mock, wir müssen hier weg.« Beide liefen los. Filibo hielt die Stellung, er hatte den Kampf gewählt.
»Fili, komm schon, die sind zu dritt!«, rief Reginald über seine Schulter. Der Ruf seines Freundes riss den Geparden aus seiner Kampfeslust und er entschied sich, den beiden zu folgen.

Kapitel 5
Meinetwegen

Die beiden Jungzauberer und der Gepard hasteten durch die unbelebten Gassen dieses düsteren Viertels. Bisher hatten sie auch noch keine Möglichkeit gefunden, die Verfolger abzuschütteln. Reginald kannte sich nicht besonders gut aus in dieser Gegend, aber er meinte sich zu erinnern, wo sich der nächste Wachposten der kamquarianischen Garde befand.

»Ich kann nicht mehr«, schnaufte Mock. Seine Schritte wurden immer kürzer und langsamer. Filibo schob den unsportlichen Zauberer an und gab ihm somit noch etwas Schwung mit. Es stand schlecht um die drei Gejagten. Sie bogen in eine weitere Gasse ab. Ein Blick nach hinten offenbarte Reginald, dass sie nur mehr von zwei Banditen verfolgt wurden. Wo war der dritte abgeblieben? Diese Frage sollte sich bald beantworten. Denn schon an der nächsten Ecke tauchte der fehlende Unhold auf und sperrte ihnen den Weg ab.
Reginald, Filibo und Mock bremsten ihren Lauf. Mocks müde Füße erschlafften dabei, was ihn wie ein Stück Holz stürzen ließ. Sein wuchtiger Körper erzeugte beim Aufprall auf dem staubigen Boden eine massive Staubwolke, die die Sicht zu den Verfolgern beeinträchtigte.
»Mist! Alles in Ordnung Mock?«, wollte Reginald wissen. Zwei Sekunden vergingen, bis Mock stöhnend antwortete.
»Ging schon mal besser, aber ich glaube, es geht schon.«
»Und bei dir Fili? Alles klar?«
Filibo schnaufte nur kurz, um den Staub aus seiner Nase zu kriegen und schüttelte sich. »Nicht niesen mein Freund.« Filibo schnaufte erneut und gab dann ein kurzes bellendes Geräusch von sich.
Mock erhob sich langsam und unter seinem Körper kam der rote Runenstein zum Vorschein, den Mock vom Händler erhalten hatte. Wie durch einen Geistesblitz getroffen, hob Reginald den Stein auf

und fragte seinen Zauberer-Kollegen:
»Was kann das Ding?« Mock zögerte. »Ich weiß es nicht genau.«
»Wie, du weißt es nicht genau?«
Mock zuckte nur mit den Achseln und senkte beschämt seinen Kopf. Reginald starrte etwas enttäuscht von der Unwissenheit seines Freundes auf den Runenstein in seiner Hand.
»Lass es uns herausfinden. Ich wette auf einen ordentlichen Feuersturm«, flüstere ihm eine kratzige Stimme in sein rechtes Ohr. Man konnte eine gewisse dämonische Freude in den Worten wahrnehmen.
»Nein, das ist viel zu riskant. Du könntest jemanden verletzen«, meinte eine Stimme von links.
In der Zwischenzeit legten sich die Staubwolken und die Umrisse der drei Verfolger wurden deutlich. Sie standen in zehn Metern Abstand und verschlossen jeglichen Ausweg aus der Gasse. Das mattschwarze Päckchen lag auf halbem Weg zu dem einzelnen Banditen. Mock hatte es beim Sturz ebenfalls fallen gelassen.
»Was wollt ihr? Lasst uns in Ruhe!«, rief Reginald ihren Verfolgern entgegen, begleitet durch Filibos Knurren. Doch es kam keine Antwort. Stattdessen bewegten sich die drei Männer nun auf sie zu.
»Haltet ein oder ich verbrenne eure hässlichen Visagen!«
Reginald hatte all seinen Mut zusammengenommen und streckte die rot glänzende Rune in die Luft. Natürlich wusste er nicht, was sie tatsächlich ausrichten würde, aber er konnte kaum mit Unwissenheit drohen. Wie würde das auch sonst klingen?
»Weicht zurück oder ich attackiere euch mit einem roten Steinchen, das womöglich auch einfach nur Wattepads auf euch schießt!« Nein, das war keine praktikable Option.
So oder so näherten sich die Männer vollkommen unbeeindruckt und der eine, hatte bereits das Paket erreicht, nach dem er sich nun bückte.
»Tu es!«, sagte der rote Mini-Reginald, »Worauf wartest du?«
Reginald hielt noch kurz inne und wartete auf eine Meldung von links. Und sie kam, wenn auch etwas resigniert. »Meinetwegen… mach schon!«
»Impetus!«, intonierte er und richtete die Rune auf den einzelnen

Banditen.
Reginald wusste noch aus den Vorführungen, die er gesehen hatte, wie man eine Rune aktiviert. Der einfachste Weg war es, den Zweck bestimmenden Ausruf zu tätigen. Für eine Angriffsrune war es dieser Spruch.
Die Rune leuchtete für einen Moment sehr hell auf. Dann verringerte sich die Leuchtkraft und der Stein gab nur mehr ein schwaches Pulsieren von sich. Mehr passierte nicht. Keine Flammen, kein Inferno, keine verbrannte Visage.
»Komm schon, verflucht nochmal!«, schimpfte Reginald. »Ist das Ding kaputt?«
Er schüttelte die Rune und hinter ihm hörte er die anderen beiden Männer spöttisch lachen. Doch Filibo fletschte bereits seine Zähne und seine Krallen waren zum Kampf bereit, was die Banditen abhielt, über sie herzufallen.
»Ähm, Reggy«, meldete sich Mock nun zu Wort, »Ich glaube, der Zauber hat funktioniert.« Dabei deutete er auf den Mann, der nun das Paket in der Hand hielt. Dieser schüttelte sich, so als wäre er einem Juckreiz ausgesetzt. Dabei fiel das Päckchen wieder zu Boden und wirbelte etwas Staub auf. In der nächsten Sekunde erstarrte der Bandit und blickte Reginald fragend an. Indessen packte ihn einer der anderen beiden Kerle von hinten und umklammerte ihn in einem Griff, der ihm die Luft aus den Lungen drückte. Filibo konnte nur einen der beiden Männer abhalten, näher zu kommen. Nun ging es Schlag auf Schlag.
Reginald versuchte sich zu lösen und biss seinem Angreifer in den Handrücken. Er schrie auf, ließ sein Opfer los und griff nach seiner Hand, um den Schmerz zu lindern. Als er wieder aufsah, um den Zauberer erneut zu packen, begrüßte ihn unvermittelt die Faust seines Kollegen. Und zwar direkt und ungebremst zwischen die Augen.
»Lauft, Jungs!«, rief der Mann, der offenbar die Seiten gewechselt hatte »Ich werde sie aufhalten.«
Reginald wusste nicht, wie ihm geschah. In dem Moment packte ihn Mock, der das schwarze Paket schon wieder in seiner Hand hielt an der Schulter und schrie ihn panisch an:
»Lass uns hier abhauen, verdammt!« Reginald sah Mock in die

Augen und nickte. »Filibo, komm!« Doch der Gepard war in einen Kampfesrausch verfallen und ließ sich nicht mehr davon abhalten, seinen Freund zu verteidigen. Gemeinsam mit dem umgedrehten Banditen hielten sie den letzten Mann in Schach.
»Ich lasse Fili nicht alleine, Mock. Lauf zur nächsten Wache und gib ihnen das Paket. Sag ihnen, sie sollen so schnell wie möglich herkommen.«
Mock nickte ihm zu. Doch bevor er sich umdrehen konnte, traf ihn ein Stein an der Schläfe und wieder ging der schwergewichtige Jungzauberer zu Boden.

Kapitel 6
Verdammte Sch...

Der kurzzeitig ausgeknockte Ganove war wieder auf die Beine gekommen und hatte den Stein nach den beiden Jungen geworfen. Der Wurf war ein Glückstreffer, denn der Mann war noch immer etwas desorientiert und wackelig auf den Beinen. Stöhnend lag Mock im Staub und hielt sich seinen Kopf. Noch immer hatte Reginald die rote Rune in der Hand. Sie glühte und das Licht pulsierte. Er wusste, dass dies den Zauber aufrechterhielt und würde er die Rune noch einmal benutzen, könnte die Verzauberung des anderen Banditen vermutlich enden. Der junge Zauberer musste sich jetzt etwas einfallen lassen.
»Komm schon, Reggy, denk nach! Du hast doch sicher noch ein Ass im Ärmel!«
Er sah sich um, während der Kampf der Männer und dem Gepard weiter anhielt. In der Gasse, in der sie sich befanden, waren alle Fensterdielen verschlossen und es gab absolut nichts, das sich als Waffe hätte eignen können.
Höchstens die nur halb saubere Unterwäsche, welche weiter über ihnen zum Trocknen hing, aber an die kam er nicht heran.
»Na gut, wenn ich nichts im Ärmel habe, dann aber sicherlich in meinem Hut.«
Reginald nahm den Spitzhut vom Kopf, griff bis zur Achsel hinein und wühlte nach etwas Brauchbaren. »Aua!«, schrie er auf und zog seine Hand wieder heraus. An seinem Zeigefinger klemmte eine Mausefalle.
»Oh, die habe ich schon gesucht. Aber ist jetzt leider nicht zu gebrauchen«, kommentierte er und suchte weiter in seinem unendlichen Hut. Als er seinen Arm das nächste Mal herauszog, hielt er das Paket aus Willis Laden in der Hand. Kurz seufzte er. Eigentlich wollte er den Instant Zauber für etwas Spaßiges nutzen, aber jetzt konnte er ihn eigentlich besser brauchen. Er öffnete das Paket und nahm zwei flexible, schwarze und tellergroße Scheiben heraus. Außerdem hielt er noch die

Kurzanleitung in seinen Händen. Schnell überflog er mit seinem Blick das Papyrus, um den Zauberspruch ausfindig zu machen.
»Ah, hier steht es: Dieser einfache Spruch öffnet das Dimensionstor: Subter eperto.«
Direkt daneben stand nochmal mit drei Ausrufezeichen geschrieben:
»Nutzen Sie immer beide Portale, andernfalls kann für nichts garantiert werden!!!«
Reginald wusste nicht, was passieren würde, aber er würde es nun herausfinden. Er hatte ohnehin keine Zeit, sich etwas anderes zu überlegen.
»Fili! Treib sie zusammen!«, rief der Zauberer dem Gepard zu. Dieser reagierte sofort und bewegte sich so geschickt um die drei Banditen, dass sie nach wenigen Sekunden nah beieinanderstanden. Diesen Moment nutzte Reginald und warf die Scheibe in ihre Richtung. Zwei Dinge rief er dem Teller hinterher:
»Fili! Weg da!«, und, »Subter eperto!«
Mit dem Zauberspruch vergrößerte sich die Scheibe im Flug. Sie hatte im nächsten Augenblick einen Durchmesser von zwei Metern und flog noch immer auf die Unholde zu. Erst kurz vor dem Aufprall bemerkten die drei das auf sie zukommende Unheil. Doch sie konnten es nicht mehr abwenden. Zwei der Männer, die sich zum Verwechseln ähnlich schauten, riefen unisono:
»Verdammte Sch…!«
Der dritte Mann, der die letzten Minuten an der Seite der drei Gefährten kämpfte, rief zu Reginald gewandt: »Ich liebe dich!«
Und mit diesen Worten landete die Scheibe auf den Dreien und fiel durch sie hindurch auf den Boden, wo sie anhaftete und für einige Sekunden verheißungsvoll waberte. Von den drei Männern war keine Spur mehr.

Filibo stand keuchend neben der Scheibe und schnupperte daran. Mock rappelte sich, noch immer seine Schläfe reibend, auf.
»Was hast du mit ihnen gemacht, Reggy?«
»Ich weiß es auch nicht«, antwortete Reginald unwissend. In dem Moment endete das magische Wirken der Scheibe und sie verkleinerte sich wieder zu ihrer Ausgangsgröße.
»Was waren das für Typen? Und warum haben sie uns

angegriffen? Und wieso zum Teufel konnte der eine so gut werfen?« Mock tastet nach einer offenen Wunde, aber es blieb bei einer Beule. Reginald ging zur Scheibe und hob sie vorsichtig an. Er hatte Angst die drei Banditen könnten noch darunter liegen. Was bei der aktuellen Größe der Scheibe aber eher unwahrscheinlich war.

»Hm, ist ja gar nichts Schlimmes passiert, obwohl ich nur eine Scheibe benutzt habe«, murmelte er leise vor sich hin und antwortete Mock dann lauter:

»Ich weiß es auch nicht. Sah so aus als wären sie hinter der Kiste her. Besonders gesprächig waren sie jedenfalls nicht. Oder hat dir jemand was erzählt?« Er sah zu Filibo. Der Gepard schüttelte seinen Kopf verneinend.

»Ich will jetzt jedenfalls wissen, was in der dummen Kiste drin ist«, sagte der junge Zauberer etwas verärgert, nachdem er die einzelne Scheibe wieder in seinem Hut untergebracht hatte. Er ging zu Mock und nahm ihm das mattschwarze Paket aus der Hand und stellte es auf den Boden.

»Bevor ich es vergesse. Hier hast du deine Rune wieder.« Er drückte Mock den nun nicht mehr leuchtend pulsierenden Runenstein in die Hand.

»Nicht schlecht so ein Übernahmezauber.« Mock nickte nur und steckte den Stein wieder in seine Hosentasche.

»Du solltest ihn aber trotzdem nicht behalten.«

Reginald wusste genau, dass es kein Übernahmezauber war. Als die Wirkung einsetzte spürte er ganz klar, dass es sich um einen Zuneigungszauber[2] handelte, der Freundschaft oder sogar Liebe dem Zaubernden gegenüber in einer Person hervorrufen konnte.

---

[2] Auszug aus dem »Juridica-Maxima«, der Gesetzgebung Kamquarks - §237 Abs. 2a:
Die Anwendung von Zuneigungszaubern ist ohne Einwilligung der städtischen Behörden und Aufsicht eines hohen Magisters nicht gestattet. Dies beinhaltet sowohl intonierte Zauber, Instant Zauber als auch Runen. Da insbesondere bei schlecht verarbeiteten Runen oft starke Umkehrwirkungen eintreten, sollte man Personen, die durch einen solchen Zauber beeinflusst wurden im Auge behalten. Sie entwickeln mit hoher Wahrscheinlichkeit eine übernatürliche Abneigung gegenüber einer dritten Person, als Ausgleichsreaktion der Psyche. Betroffene Personen sollten von Waffen und spitzen Gegenständen wie Messern dringend ferngehalten werden.

Reginald wollte seinen Kollegen aber nicht noch mehr in Verlegenheit bringen. Es war schon traurig genug, dass Mock sich genau diese Rune ausgesucht hatte. Das erklärte auch die zuvor gespielte Unwissenheit ob der Runenwirkung.
Filibo trat heran und betrachtete das Paket, während Reginald sich hinkniete und es vorsichtig öffnete. Der Deckel war schnell geöffnet, zumindest der erste. Denn darunter befand sich noch einer, und noch einer, und noch einer.
»Natürlich. Das Ding ist gesichert. Hätte ich mir eigentlich denken können.« Reginald gab aber noch nicht auf und öffnete noch ein Dutzend Deckel.
»Hat keinen Sinn«, fügte er enttäuscht hinzu und verschloss das Paket wieder.
»Was machen wir jetzt? Sollen wir es zu den Wachen bringen?«, wollte Mock wissen.
Die Stimme von Reginalds rechter Schulter meldete sich wieder. »Viel interessanter wäre es ja, herauszufinden, was sich darin befindet. Ich wüsste da jemanden, der uns die Kiste öffnet, ohne dass jemand etwas davon erfahren muss.«
Reginald überlegte kurz und blickte auf seine linke Schulter. Doch diesmal war hier niemand, der ihm gute und freundliche Tipps geben konnte. Was er nicht sah, war ein gefesseltes und geknebeltes Männchen, das an seinem Rücken herunterhing. Der teuflische Mini-Reginald grinste zufrieden und rieb sich die Hände.

Kapitel 7

Wie sehen Sie denn aus

Schreiend flogen die drei Banditen nun durch die Unendlichkeit, irgendwo zwischen Raum und Zeit. Sie konnten keinen klaren Gedanken fassen in dieser unendlichen Leere. Es war nicht erkennbar, wieviel Zeit vergangen war, oder ob Zeit hier überhaupt eine Rolle spielte, aber im nächsten Moment verzerrte sich die Dimension und einer der Männer wurde durch ein Wurmloch zurück in die Wirklichkeit katapultiert. Aber in welche Wirklichkeit?

Er stand in einem riesigen Raum, der aus weißen Wänden, einer hohen Decke und riesigen Säulen bestand. Vor ihm saß ein älterer, ganz in weiß gekleideter Mann mit einem Lorbeerkranz auf dem Haupt und schrieb etwas auf ein Stück Papyrus. Dabei murmelte er:
»Um das Ganze kurz und knackig zusammenzufassen, mein lieber Gaius Matius, hier die Essenz in drei knappen Worten: Veni, vidi, vici!« Der Mann hielt kurz inne, um sich mental selbst für seinen grandiosen Spruch auf die Schulter zu klopfen. Dann fuhr er fort: »Beste Grüße, Dein Julius. P.S.: Du musst mal wieder auf einen Wein vorbeikommen. Es gibt wieder einiges zu erzählen. Ich sage nur: Heiße Braut aus Ägypten.« Den letzten Teil flüsterte er. Außerstande zu verstehen, wo und wann der Bandit sich hier befand und wovon der Typ vor ihm überhaupt sprach, beobachtete er, wie der Lorbeerkranzträger den Brief zusammenrollte und mit einem Wachsstempel versiegelte. Danach hob er den Kopf und erst jetzt registrierte er den Eindringling.
»Ah, der Bote, endlich!«, stellte er erfreut fest, bis er sich die ungewöhnliche Aufmachung des Banditen genauer ansah.
»Wie sehen Sie denn aus? Eine Frechheit ist das! Wer hat Sie so hier hereingelassen?« Er war nun merklich aufgebracht und schlug mit der Hand auf den Tisch. Dabei kippte eine Schüssel mit

Trauben von der Tischkante und ein paar der süßen Früchte rollten nun über den Marmorfußboden. Doch bevor der Bandit antworten konnte, ertönte eine süße Stimme aus dem Nebenraum: »Komm wieder ins Bett, Julius.«
Dies milderte die Stimmung des Mannes erheblich.
»Nun gut, Sie haben noch einmal Glück gehabt. Aber wenn Sie hier nochmal so aufkreuzen, dann wird etwas Anderes rollen als nur ein paar Trauben!« Das klang nicht nach einer netten Einladung zum Poolbillard, soviel war klar.
»Und jetzt bringen Sie das Schriftstück zu meinem Freund Gaius Matius!« Mit diesen Worten drückte er dem Banditen den Brief in die Hand und verließ den Raum auf leichten, fast schon tänzelnden Füßen. »Ich komme, mein Schatz!«
Vollkommen ahnungslos und wie angewurzelt stand der Bandit da und starrte auf die Schriftrolle in seiner Hand. Eines wusste er aber sofort: Diesen Typen konnte er nicht ausstehen. Seine Hand ballte sich zu einer Faust und zerdrückte das Papier.

Kapitel 8
Nennt mich Morty

Es war nicht weit bis zu der Unterkunft, in dem der Mann wohnte, den Reginald aufsuchen wollte, um das Paket zu öffnen. Doch Mock brauchte mehrere Verschnaufpausen und zwischendurch mussten sie ihm einen Snack organisieren, um seinen Blutzucker zu stabilisieren. Zumindest war das seine Ausrede, um an einen Schokoriegel gefüllt mit Schweineschmalz zu kommen.

Endlich waren sie angekommen. Und wie immer, war es eine dunkle Gasse, die sie dafür betreten mussten.
»Warum besteht diese Stadt eigentlich aus so vielen dunklen Gassen?«, fragte sich Reginald und sah sich um, in der Hoffnung diesmal nicht überfallen zu werden. Sie standen vor einem dunkelgrün schimmernden Wohnblock. Er war nicht besonders breit, dafür sehr hoch und zwischen ihm und den danebenstehenden Wohnblöcken waren wiederum nur sehr schmale und noch dunklere Gassen. Ohne weiter zu zögern, traten sie an die Tür heran und suchten an der Ruftafel den Namen des gesuchten Bewohners.
»Mann, ich hasse Ruftafeln. Wer verwendet die denn bitte noch? Wie heißt der Typ denn überhaupt?«, fragte Mock keuchend.
Während Reginald Namen absuchte, murmelte er nur leise vor sich hin. Mock konnte ihn nicht verstehen, wollte aber nicht nochmal nachfragen. Doch dann sagte er: »Ah, hier ist er. Eli Rabenkleid!« Er drückte auf den Rufknopf.
Eine kleine Tür über der Ruftafel öffnete sich und ein Papagei mit einer Augenklappe starrte das Dreiergespann fragend an.
»Name?«, fragte der bunte Vogel unhöflich.
»Eli Rabenkleid«, antwortete Reginald sofort und mit gehobener Lautstärke. Mock hielt sich die Ohren zu. Der Papagei legte den Kopf quer.
»Junger Mann, zu wem Sie wollen ist mir klar. Sie haben immerhin schon auf den Namen gedrückt. Ich brauche auch die Namen aller

Besucher.«
»Ach so. Ähm. Ich bin Reginald und das hier sind Mock und Filibo.«
Der bunte Vogel spähte auf den Gepard und schüttelte sich etwas erschrocken.
»Filibo also. Aha. Nun gut. Aber das hier ist eine Ruftafel. Also müssen Sie die Namen auch ausrufen. Also bitte nochmals, die Namen?« Reginald holte tief Luft und schrie dem Vogel jede Silbe direkt ins Gesicht.
»RE-GI-NALD! MOCK! FI-LI-BO!«
Unbeeindruckt quittierte der Papagei die Anfrage mit einem Nicken, hob die Flügel und erhob sich in die Lüfte, wo er auf ungefähr 25 Metern Höhe seine Runden drehte. Mock hielt sich noch immer die Ohren zu und alle drei sahen dem Vogel hinterher. Weiter oben öffnete sich ein Fenster. Ein Mann mittleren Alters streckte die Arme heraus und versuchte den Papagei abzuwinken.
»Ich habe es schon gehört, du musst nicht...« Der Ausruf des Vogels unterbrach ihn. »Gäste für Eli Rabenkleid. Eli Rabenkleid, Gäste für Sie! Reginald, Mock und Filibo!«
»Bei Aros, ja, lass sie rein, aber bitte halt den Schnabel«, erwiderte der Mann verärgert. Er hatte seinen Freund an der Tür bereits erkannt. Der Papagei landete wieder, diesmal auf der Türschnalle des Eingangs. Mit einem Schlüssel, den er unter seinem Federkleid hervorholte, entriegelte er die Tür und gewahrte dem Besuch Einlass. »Siebenundzwanzigster Stock. Bitte entschuldigen Sie, der Personentransport ist nicht aktiv. Wir haben leider eine Streiksituation in der Gewerkschaft.« Mit diesen Worten knallte er die Tür hinter ihnen zu. Reginald sah zu Mock rüber. Diesem standen schon fast die Tränen in den Augen, bei dem Anblick der vor ihm liegenden Stufen.
»Ich glaube, mein Zuckerspiegel meldet sich wieder.«

Nach einer gefühlten Ewigkeit kamen sie im siebenundzwanzigsten Stock an. Der Bewohner der Unterkunft hatte bereits die Tür für sie geöffnet. Die drei waren komplett aus der Puste und traten erschöpft und verschwitzt ein. Es war ein überraschend helles und großes Wohnkabinett. Im

Eingangsbereich saß ein schwarz-grau getigerter Kater mit spitz zulaufenden Ohren und funkelte die drei Besucher mit seinen smaragdgrünen Augen an.
»Fühlt euch wie zu Hause, ich komme gleich zu euch«, rief eine Stimme aus einer undefinierbaren Richtung. Reginald schloss die Tür, während Mock sich einen Sessel suchte auf dem er Platz nehmen konnte. Filibo trat indessen an den Kater heran und beschnupperte ihn vorsichtig. Obwohl Filibo in seiner derzeitigen Gestalt deutlich größer als eine einfache Hauskatze hätte sein müssen, überragte er den Kater nur minimal. Es war ein riesiges Tier. Nervös schlug der Vierbeiner mit seinem Schweif umher. Die Beschnüffelung seitens des Geparden gefiel ihm offensichtlich nicht.
»Komm, Fili, lass die Mieze in Frieden!«
Unter Beobachtung des Hauskaters gingen sie weiter in einen großen wie ebenso hellen Wohnraum.
»Ist doch sehr nett hier. Und ich dachte, du bringst uns zu einem zwielichtigen Typen, der in einem feuchten, dunklen Keller wohnt und finstere Rituale durchführt«, sagte Mock etwas erleichtert.
»Ach was, für die Rituale hat Eli seinen Hobbyraum.«
Mock sah sich um. In dem Wohnraum standen ein paar Sessel, ein kleiner Tisch und in der Ecke war eine wunderschöne Holztruhe zu sehen. Sie wirkte wie eine Schatztruhe aus einer Piratengeschichte. So als würden darin nur die größten Schätze aufbewahrt werden. Dann war da noch eine Couch. Mock erschrak und musste ein zweites Mal hinsehen. Auf der Couch saß doch tatsächlich ein Skelett. Nachdem der Schreck nachließ, musste er lachen.
»Puh, jetzt habe ich mich richtig erschrocken. Das Skelett sieht so echt und lebendig aus, so wie es auf der Couch dort sitzt. Aber ein bisschen klein ist es.« Mock ging auf die Couch zu und setzte sich neben die Gebeine, um sie genauer zu betrachten.
»Was für eine detaillierte Nachbildung eines menschlichen Skeletts, oder ist es ein Zwerg? Man sieht nicht mal die Schrauben mit denen es zusammengehalten wird. Mock griff nach dem knochigen rechten Unterarm. In diesem Moment drehte sich der Kopf des Skeletts zu Mock.

»Schon fummeln vor dem dritten Date? Du bist mir aber ein Schlawiner!«
Mock erschrak so dermaßen, dass er über die Rücklehne der Couch sprang und mit lautem Rumms am Boden aufschlug.
In dem Moment kam Eli bei der Tür herein. Im Gegensatz zu seiner Unterkunft erfüllte zumindest er ansatzweise das Klischee eines zwielichtigen Gesellen. Er war deutlich älter als die beiden Zauberschüler, außerdem groß, sehr schlank und trug langes weißes Haar. Das war's dann aber auch schon mit dem Zwielicht. Höchstens die etwas gammelige schwarze Lederhose und die dicken Lederstiefel hätten ihn als harten Kerl ausgewiesen. Aber sein weißes, enganliegendes Hemd mit der Aufschrift *Aros 4ever* und dem aufgedruckten, breit grinsenden Konterfei des Schöpfers aller Dinge, kennzeichneten das Weißhaupt eher als Nerd denn als Bösewicht.

»Hey, Reg!«, sagte er zu seinem Freund und reichte ihm kumpelhaft die Hand. »Lange nichts von dir gehört. Wie ich sehe, habt ihr euch schon mit Mortimer bekanntgemacht?«
»Der dicke Klops hinter der Couch und ich sind bereits verlobt. Die anderen kenne ich noch nicht«, sagte das Skelett, ehe Reginald seinen Mund aufmachen konnte.
»Nennt mich Morty.«
»Äh ja, schön dich zu sehen, Eli. Wir sind aber leider nicht zum Kaffeetratsch hier. Wir haben ernste Probleme und hoffen, du kannst uns dabei helfen«, entgegnete Reginald ohne weitere Umschweife.
»Hey, hey, Reg. Immer ruhig mit den alten Ponys. Morty war vor dir hier und hat sich ebenfalls mit einem Problem an mich gewandt. Wer zuerst kommt, zieht den Kürzeren, sagt man doch so schön.«
Mock, der bereits wieder vor der Couch hervorlugte, und Filibo sahen den Gastgeber etwas verwirrt an. Reginald hingegen kannte ihn ja bereits. Seine Sprichwortverdreher überraschten ihn also nicht weiter.
»Du hast ja recht«, sah Reginald ein, »Verzeih, bitte! Wir warten natürlich.«
»Ach was!«, warf Morty mit seinem Kiefer klappernd ein, »Ich bin

schon tot und habe Zeit. Außerdem bin ich viel neugieriger, was euer Problem angeht.« Er lachte etwas schadenfroh.
»Sieht so aus, als hättet ihr gerade den Vortritt bekommen. Aber wo bleiben meine Manieren? Möchtet ihr etwas zu Essen oder zu trinken?«, fragte Eli. Reginald schüttelte den Kopf, aber Mock meldete sich zu Wort.
»Ich hätte gerne ein Stück Kuchen mit etwas Sahne und einen Tee mit Milch, bitte. Für den Tee bitte Süßstoff, ich muss auf meine Linie achten, sagt meine Mutter.«
Filibo sah Mock mit seinen großen Raubkatzenaugen ungläubig an. Kurz herrschte Stille. Eli schloss die Augen und konzentrierte sich. Als sich seine Lider wieder öffneten, schwebten aus der Küche plötzlich die bestellten Dinge heran und landeten auf dem Tisch. Ein kleines Döschen mit Süßstoff und eine Sahnesprühdose flogen etwas verspätet heran.
»Bon Appetit«, sagte Eli grinsend und deutete Mock, sich an den Tisch zu setzen. »Also gut, wie kann ich euch helfen?«

Kapitel 9
Blasphemie

Raum- und zeitlos durch die Gegend zu fliegen, stellte sich zwar als seltsam heraus, aber hin und wieder geschahen eigenartige Dinge, die das Ganze wesentlich interessanter machten. Beispielsweise flog ein silbernes Fahrzeug, oder war es ein Fluggerät, an den beiden vorbei. Darin befand sich ein junger Mann mit einer komischen Schirmkappe, ein weißhaariger alter Typ und ein struppiger Hund. Die Insassen des eigenartigen Gefährts bemerkten die beiden Banditen nicht, also gab es auch hier leider keine Hoffnung auf Rettung.
Die zwei übrigen Banditen gewöhnten sich langsam an den Zustand und gewannen wieder Kontrolle über ihre Körperfunktionen und ihren Geist. Sie begannen, auch miteinander zu sprechen, bemerkten aber bald, dass sie sich nicht verstehen konnten. Denn beide sprachen mit ihnen unbekannten Zungen. Ein seltsamer Ort war das. Würde dieser Irrweg noch ein Ende finden? Und wo war der dritte Kerl abgeblieben? Ging es ihm gut?

Ein Blitz zischte durch das Raum-Zeit-Kontinuum und plötzlich schwebte eine muskulöse Person vor den beiden. Gekleidet wie ein Rockmusiker und einer dicken Schmalzlocke auf dem Kopf.
»Hey ihr Gangster. Wie läuft´s im Abyss?«
Ehe einer der beiden etwas sagen konnte, sprach er weiter.
»Ihr kennt mich doch, oder? Natürlich tut ihr das. Jeder tut das.«
Er machte eine Pause, um den beiden die Möglichkeit zu geben, überschwänglich zu reagieren und ihm die Füße zu küssen – metaphorisch gesprochen. Die beiden sahen sich an und einer zuckte mit den Achseln.
»Alter, echt jetzt?«, fragte der muskulöse Mann hörbar enttäuscht. »Noch nie was von Aros Joy Muriel Maximus Titus Fidelius Prudence dem Großen gehört, dem Schöpfer aller Dinge?« Er ließ den beiden wieder ein paar Sekunden, um sich doch noch zu

entsinnen. Dann endlich sagte einer der beiden etwas. »Sorry Mann, noch nie gehört.«
Aros lief rot an und man konnte kleine Dampfwolken aus seinen Ohren steigen sehen. Er war ja grundsätzlich ein milder Schöpfer, immerhin hielt er sich nun schon seit Jahren mit todbringenden Naturkatastrophen zurück, aber ein solches Verhalten brachte ihn nur zu schnell zur Weißglut und er erachtete es als…
»Blasphemie! Ich kam hierher, um euch aus eurer misslichen Lage zu befreien, aber was sehe ich hier? Zwei unwürdige und engstirnige Entitäten, die es nicht wert sind, von ihrem Leid erlöst zu werden. Ja, unwürdig seid ihr, den Abyss zu verlassen. Eigentlich sollte ich euch ja sofort in die Reinkarnation schicken und euch als Fungi oder Grippevirus wieder auferstehen lassen, um euch als Lebewesen in einer feuchten, schleimigen Umwelt euer Dasein fristen zu lassen. Unnütz, gehasst und von allen verspottet«, er hielt kurz inne, um sich wieder etwas zu beruhigen.
»Ok, vielleicht nicht von allen gehasst. Immerhin die Medizinmänner, die sich durch eure Existenz bereichern, hätten eine Freude mit euch. Aber ich schweife ab.«
Die beiden Männer zuckten zusammen und hoben ihre Arme schützend über ihre Köpfe, da Aros immer größer und mächtiger geworden war. Doch dann atmete er tief durch und schrumpfte wieder zu seiner normalen Größe.
»Nun gut. Ich gebe euch eine Möglichkeit, eure Fehler einzugestehen. Und wie schon für andere Blasphemiker vor euch, habe ich die passenden Werkzeuge parat.«
Er schnippte und im gleichen Augenblick materialisierten sich ein kleiner Tisch und zwei Stühle zwischen den Banditen. Auf dem Tisch lagen zwei Spiele.
»*Trivial Aros* und *Aros ärgere dich nicht*, meine Lieblingsspiele. Und ihr werdet sie spielen bis zum Umfallen. Und das passiert hier, ohne Raum und Zeit, niemals.« Er grinste hämisch.
»Das nächste Mal, wenn ich wiederkomme, werdet ihr dann hoffentlich wissen, wer vor euch steht.« Mit einem Lächeln schnippte er erneut, was die beiden Männer, die noch immer nicht wussten, wie es um sie geschah, auf die Stühle zwang. Ohne sich

dagegen wehren zu können, griffen ihre Hände nach den Gesellschaftsspielen und begannen alles aufzubauen.
Aros hob seine Hand, um erneut zu schnippen.
»Viel Spaß, Freunde.«
Bevor er schnippte, fiel dem als Musiker getarnten Schöpfer noch etwas ein, das er loswerden musste.
»Ach, und solltet ihr zufällig zwei Typen mit Gitarren sehen, die in einer Telefonzelle hier durch die Gegend fliegen, dann richtet ihnen aus, dass sie zu mir kommen sollen. Ich brauche wieder ein paar Tipps, um meine Akkorde zu verbessern. Dabei machte er eine typische Handbewegung und spielte seine Luftgitarre. Dann schnippte er und löste sich in Luft auf.
Die beiden Banditen sahen sich an und sagten unisono:
»Telefonzelle?«

Kapitel 10
Fili, du bist genial

Reginald hatte nun alles erklärt. Beginnend mit dem seltsamen Verkäufer am Markt, der ihnen die Runen andrehen wollte, bis zu der dunkeln Gasse, in der sie gegen die drei Banditen kämpfen mussten und entkommen konnten.
»Na, da habt ihr ja schon einiges Lustiges erlebt heute, was?«, sagte Mortimer und grinste. Aber ein Skelett grinst ja sowieso immer.
»Ganz so lustig war das aber gar nicht«, erwiderte Mock mit ohnehin schon vollem Mund und stopfte sich das letzte Stück Kuchen mit Schlagsahne auch noch hinein.
»Jedenfalls brauchen wir deine Hilfe, Eli. Wir wollen das Päckchen nicht ins Exil bringen, dafür ist uns die Sache viel zu haarig. Und zur Wache können wir es auch nicht bringen bevor wir nicht wissen, was sich darin befindet, da wir Erklärungsnöte hätten, warum wir das Paket überhaupt in unseren Besitz genommen haben«, erklärte Reginald. Mock blinzelte und ein warmes Gefühl stieg in seinem Herzen auf, als er registrierte, dass sich Reginald für ihn einsetzte und ihn nicht als den alleinigen Schuldigen für dieses Debakel hinstellte, was er ja eigentlich war.
»Und ihr wollt also, dass ich dieses Paket für euch öffne? Wie kommst du zu der Annahme, dass ich das könnte?«, wollte Eli wissen und betrachtete den mattschwarzen Gegenstand, der nun auf dem Tisch stand, genauer.
Mortimer lachte mit einem kehligen und fiesen Unterton: »Muahahaha!«
Alle sahen ihn etwas verstört an. Filibo legte die Ohren an und entblößte seine Schneidezähne.
Als das Skelett die Verwirrung erkannte, nahm er sich etwas zurück und entschuldigte sich: »Sorry, Leute, diabolische Angewohnheit, den mein Job mit sich bringt. Ich wollte eigentlich nur normal lachen.«
»Und was genau gibt es da zu lachen?«, wollte Reginald wissen.

Filibo beruhigte sich ebenfalls wieder. Doch sein Blick blieb auf den Gebeinen Mortimers haften.
»Nun ja, jeder weiß doch, dass Eli hier fast alles kann, und das obwohl er eigentlich noch viel zu jung ist, um auf diesem Niveau zu zaubern. Andere Zauberer müssen erst weit über 70 Jahre werden, um diese Fähigkeiten zu erreichen. Es hat schon einen Grund, warum sie ihn aus der magischen Gemeinschaft ausgeschlossen haben.« Mortimer lachte erneut, diesmal gemäßigter.
»Ich musste einfach lachen, da er diese dumme Frage noch immer Jedem stellt, der wegen eines magischen Problems zu ihm kommt.«
Bevor Reginald antworten konnte, sagte Eli mit einem selbstverliebten Unterton: »Stimmt, aber ich höre es einfach immer wieder gerne, dass ich der Beste bin.«
»Also ich kannte dich bisher gar nicht und habe auch noch nie was von dir gehört«, warf Mock trocken ein. Reginald verpasste seinem Freund einen Tritt gegen das Schienbein, ohne ihn dabei anzusehen.
»Aua! Ich sage ja nur die Wahrheit.«
Eli grinste nur und widmete sich wieder dem Päckchen. Er begann es zu öffnen, so wie auch Reginald und Mock es zuvor versucht hatten. Doch es geschah nicht mehr als auch bei den beiden Jungzauberern. Immer wieder kam ein neues Paket zum Vorschein, das geöffnet werden wollte.
»Ein Klassiker unter den Verschlusszaubern«, sagte Eli nach einigen Versuchen. »Aber nichts, womit ich nicht fertig werde. Ein kleines Ritual wird es aber schon dafür brauchen.« Natürlich sagte er das, um auf die wichtigste Ressource hinzuweisen, die er für solch eine Dienstleistung benötigte. Kohle, Schotter, Zaster, Mäuse oder eine andere harte Währung waren bei Eli immer willkommen.
»Du kennst mich, Reg. Ich helfe immer gerne. Aber nichts auf dieser Welt ist kostenlos. Also muss ich wissen wie ihr gedenkt, das zu bezahlen. Und bitte sagt nicht, dass es sich um ein Low-Budget Projekt handelt, das höre ich in letzter Zeit immer öfter«, raunte der Geschäftsmann in ihm.

»Kann ich vielleicht wieder anschreiben?«, fragte Reginald vorsichtig.
Doch Eli schüttelte verneinend den Kopf.
»Tut mir leid, Kumpel. Das mit dem Anschreiben lassen, habe ich aufgehört. Meistens kommen zwielichtige Gestalten oder halbtote Wesen zu mir. Das ist nicht das Klientel, das später wieder zurückkommt, um zu bezahlen.«
»Warum seht ihr alle mich an!?«, warf Mortimer etwas entsetzt ein. »Ich bin nicht halbtot. Ich bin ganz tot.« Dann sprach Eli weiter.
»Aber du weißt, Reg, Stammkunden mache ich immer einen fairen Preis und ein paar Stück Silber wirst du ja wohl übrig haben.«
»Leider nicht, ich habe mein letztes Geld bei Willibalds Instant-Gadgets ausgegeben und das bisschen, was ich noch habe brauche ich noch für die restlichen Einkäufe für meine Tante Klara. Außerdem würde es kaum reichen, dich damit zufrieden zu stellen. Aber wenn du daran Gefallen findest, überlasse ich dir, zwar widerwillig aber doch, den Level-3-Zauber, den ich bei Willi gekauft habe: eine interdimensionale Brücke.«
Eli überlegte kurz.
»Hm, nein, nicht mein Ding. Hab gehört, dass sich so manche Typen damit schon in den Abyss geschossen haben. Aber ich will mal nicht so sein. Hast du vielleicht etwas anderes dabei zum Tauschen?«
»Nein, ich fürchte nicht. Außer du findest an Salz, Pfeffer und ein paar Gewürzen Gefallen. Aber wenn ich dir die überlasse, dann bringt mich meine Tante um.« Geknickt sanken die Schultern des jungen Zauberers ein Stück nach unten und sein Spitzhut wurde, so wie seine Körperhaltung, immer schlaffer. Doch da stieß ihn sein vierbeiniger Freund an der Hüfte an. Erst reagierte Reginald nicht, aber dann schenkte er Filibo seine Aufmerksamkeit. Der Gepard machte komische Grimassen und riss das Maul eigenartig auf. So als würde er singen wollen. Dabei sprang er mit seinen Vorderpfoten tänzelnd hin und her.
»Fili, wir haben jetzt keine Zeit zum Spielen. Wir müssen uns eine Lösung überlegen«, meinte Reginald abwehrend. Doch der Formwandler gab nicht auf. Er fügte seinem gespielten Gesang

noch Geräusche hinzu, die wie ein sehr hohes Hundebellen klangen. Doch auch das half nichts.
»Macht der das öfter?«, fragte Mortimer. »Das sollte sich vielleicht mal ein Veterinär-Medizinmann ansehen.«
Der Gepard knurrte kurz zu dem Skelett und lief dann zu Eli rüber. Er stellte sich neben ihn und sprang nur mit den Vorderpfoten auf den Tisch, so dass er aufrecht genau neben ihm stand. Eli, etwas erheitert von der Show, die der übergroße Kater hier aufführte, lachte leise. »Was willst du uns zeigen?«, dabei drehte er sich mit dem Oberkörper etwas zu dem Tier. Das kam Filibo gerade recht. Er zog seine Zähne blank und fuhr mit dem Kopf blitzschnell auf die Brust des weißhaarigen Mannes.
»Filibo!«, rief Reginald etwas entsetzt und deutlich ermahnend über das unmögliche Verhalten seines Gefährten. Eli selbst blieb entspannt und lächelte noch immer, obwohl die Großkatze nun an seinem Hemd kaute. Offenbar war er solche Situationen gewöhnt.
In dem Moment fiel es Reginald wie Schuppen von den Augen. Auf dem Hemd ihres Gastgebers stand es doch schwarz auf weiß: *Aros 4 ever*. Auf das wollte ihn der Gepard die ganze Zeit hinweisen.
»Natürlich, Fili! Du bist genial!«, rief Reginald nun voller Freude und neu gewonnenem Enthusiasmus. Während er seinen Hut vom Kopf nahm, um darin nach etwas zu suchen, starrten ihn die anderen nur fragend an. Filibo hingegen ließ nun wieder von Eli ab, setzte sich auf seinen Großkatzenhintern und warf seinen Kopf selbstgefällig in den Nacken.
»Schon witzig, euer komisches Kätzchen«, warf Mortimer ein.
»Das ist ein Tiger«, sagte Reginald, der es noch immer nicht besser wusste und dessen rechter Arm bereits bis zur Schulter im Hut verschwunden war.
»Fili, du hast dir eine riesige Belohnung verdient für diesen genialen Einfall.«
»Ähm, warum starrt mich der Tiger jetzt so an?«, wollte Mortimer wissen. Mock begann zu lachen.
»Das kann ich dir sagen, mein Lieber. Filibo ist ein Formwandler und bis vor kurzem war er für einen ziemlich langen Zeitraum ein kleiner Hund. Wenn Reginald also von einer Belohnung spricht,

was denkst du, sieht er dann in dir?«
»Was? Ich bin doch kein Kauknochen! Ich bin ein dämonisches Wesen aus dem Reich des Todes. Muahahaha!« Wieder lachte Mortimer in gewohnter Manier.
»Du musst dir das echt mal abgewöhnen, Mann«, sagte Eli zu dem knochigen Gesellen und wandte sich dann wieder an Reginald.
»Also was ist jetzt, Reg? Hast du was oder nicht?«
In diesem Moment zog der junge Zauberschüler die Autogrammkarte von Aros aus seinem Hut und hielt sie mit dem Wort »Abrakadabra!« direkt vor Elis Nase.

Kapitel 11

Der Meister tritt heran

Eli und Reginald hatten sich darauf geeinigt, dass die Autogrammkarte als Bezahlung ausreichte. Erst war Eli, trotz anfänglicher Begeisterung, etwas enttäuscht darüber, dass die Karte für Reginald personalisiert wurde. Doch bei Übergabe an das Weißhaupt veränderte sich die Widmung auf: »Für den coolsten zwielichtigen Magier in Kamquark!«
Dies überzeugte Eli vollends. Er nahm die Karte an sich, drückte sie erst eine volle Minute an seine Brust, was für alle Anwesenden ein etwas eigenartiger Moment war und legte sie in die Truhe, die in der Ecke des Raumes stand.
Wie sich herausstellte, war die Truhe tatsächlich ein Aufbewahrungsort für die größten Schätze des Magiers. Mock konnte einen flüchtigen Blick in das Innere der Kiste erhaschen. Darin sah er unzählige Autogrammkarten von Aros und sogar eine dünne Phiole, in der sich eine blonde Haarlocke befand. Darauf stand etwas wie:
»Aros: Haupthaar. Phase: Travestiekünstler.«

»So, Leute«, sagte Eli hocherfreut und verschloss die Truhe wieder, »dann lasst uns mal loslegen. Ich ziehe mich nur schnell um und dann komme ich zu euch. Geht schon mal in meinen Hobby-…, ich meine natürlich Ritualraum, bitte, und vergesst das Paket nicht. Salem wird euch hinführen.« Mit diesen Worten verschwand Eli durch eine der Türen und schloss diese hinter sich ab.
»Wer ist Salem?«, wollte Mock wissen.
»Ich bin Salem«, meldete sich eine langsam sprechende und alt klingende Stimme. Es war der riesige Kater, der unbemerkt und auf leisen Pfoten an die vier Übriggebliebenen herangetreten war.
»Wie soll ich mir die ganzen Namen nur merken?«, dachte Mortimer laut.
»Du musst dir den Namen nicht merken. Seid einfach still und

folgt mir.«
Ohne weitere Worte ging der schwarz-grau getigerte Kater auf die Eingangstür der Wohnung zu.
»Aber dort geht's doch raus«, wandte Mock ein. Reginald und Filibo warfen sich fragende Blicke zu. Der Kater reagierte nicht und plötzlich öffnete sich die Tür ohne physisch sichtbares Zutun. Doch anstatt des Stiegenhauses des Grauens, so wie es Mock im Geiste bereits benannte, war nur ein wirbelndes dunkles Feld zu erkennen. Eine Art Tor in eine andere Dimension.

Auf der anderen Seite des Tores angekommen, schüttelten sich die vier Hausgäste durch, um das kribbelige Körpergefühl loszuwerden. Die schüttelnde Bewegung erzeugte bei Mortimer ein lustiges klackerndes Geräusch. Mock und Reginald sahen sich an.
»Warst du hier schon mal?«, wollte der unsportliche Zauberlehrling wissen. Reginald schüttelte nur dem Kopf.
Sie befanden sich in einem dunklen Raum, der dem Klischee eines zwielichtigen Magiers durchaus gerecht wurde. Die Wände waren schwarz bemalt und überall befanden sich Runensymbole oder Pentagramme. An den Regalen, die ringsum befestigt waren, standen Kerzen, die aber nicht brannten. In der Mitte des Raumes war ein Ritualplatz eingerichtet. Reginald war fast verwundert, dass kein Zaubersymbol am Boden zu sehen war. Und auch kein Blut oder ähnlich Ekelhaftes.
Salem hatte sich gleich neben dem Dimensionstor, durch das sie gekommen waren, hingesetzt und beobachtete die vier ohne weitere Worte.
»Und wo bleibt Eli?«, fragte Mock, als völlig unerwartet Stimmen zu hören waren. Eine Stimme, deren Geschlecht nicht eindeutig zuzuordnen war, flüsterte:
»Er kommt, gebt Acht. Er ist schon nahe. Der Meister tritt heran.«
»Hört ihr das auch?«, wollte Mock wissen.
»Nö, was denn?«, sagte Mortimer und grinste schon wieder.
In diesem Moment trat ein komplett schwarz gekleideter, großer Mann mit weißem Haar durch den magischen Eingang und hielt inne. Er trug schwarze Stiefel, eine schwarze Hose, einen schwarzen langen Mantel aus Leder, der fast wie eine Robe aussah

und eine schwarze Maske, die eine grimmige Fratze darstellte. Auf seinem Kopf saß ein typischer Spitzhut wie ihn Zauberer eben trugen, natürlich in schwarz gehalten. Nur die pinke Schleife an der Hutkrempe brachte etwas Farbe ins Spiel.

»Dann legen wir mal los«, meldete sich Elis freundliche Stimme unter der Maske und er trat in die Mitte des Raumes, wo er ein Stück Kreide in die Hand nahm und begann, einen großen Kreis zu zeichnen.

Niemand traute sich zu fragen, was der seltsame Auftritt mit der Maske und den Stimmen zu bedeuten hatte. Nur Mortimer nahm sich kein Blatt vor das blanke Gebiss.

»Coole Show, Eli«, er klatschte mit seinen knochigen Händen. Das Geräusch klang eigenartig.

»Oh, cool. Freut mich, dass es dir gefällt. Aber bitte nennt mich in der Zwischenzeit bei meinem Künstlernamen: Dark Raven, oder einfach Raven. Das macht einfach mehr her. Ein bisschen muss ich ja versuchen, meinem Ruf gerecht zu werden. Das gesamte Outfit habe ich übrigens bei Bam-A-Zone gekauft. Kann ich nur empfehlen, die liefern prompt und zuverlässig. Angeblich bereits der größte Versandhändler Kamquarks.«

Mittlerweile zeichnete er bereits einige Runensymbole auf den Boden. Doch der halbe Kreidekreis war noch leer.

»Ja, da hat mein Meister früher auch eingekauft. Aber er ärgerte sich später nur mehr darüber, dass er ständig Flugpost mit Gutscheinen bekomme hat, für Dinge, die er nicht brauchte. Einmal habe ich einen Gutschein benutzt und mir eine gute Hautcreme gekauft.«

Mortimer verstummte kurz und fügte dann hinzu:

»Hat bei mir nicht so funktioniert.«

Die zwei jungen Zauberer und Filibo sahen das Skelett ungläubig und etwas verdutzt an. Von der Riesenkatze Salem war nur ein Seufzen zu hören.

Mock wollte sich zu Mortys Aussage äußern, doch in dem Moment fiel im Reginald ins Wort:

»Können wir dir irgendwie helfen, Eli, ähm, ich meine, Raven? Damit es schneller geht, meine ich.«

»Ja, das könnt ihr. Stellt schonmal das Paket in die Mitte und einer

von euch könnte noch ein paar Symbole in die andere Hälfte des Kreises malen.« Dabei warf er Reginald ein Stück weiße Kreide zu. Der junge Zauberer fing es auf und kniete sich neben Eli in den Kreis.
»Welche Symbole dürfen es sein? Schutz- oder Energierunen?«
»Nicht nötig,«, antwortete Eli, »davon habe ich schon genug gemacht. Zeichne, was dir gefällt. Ein Einhorn oder einen Baum. Mir egal. Ich hasse es einfach nur, wenn der Kreis so leer wirkt.«
Reginald wunderte sich schon lange nicht mehr über Elis Einzigartigkeit und begann, ein paar Symbole zu malen.
»Zeichne einen Kuchen, Reggy!«, rief ihm Mock freudig zu während er das Paket platzierte. »Und ein paar dieser Kekse, die man bei Diddy kaufen kann.«
Reginald tat, wie ihm vorgeschlagen und als letztes zeichnete er noch eine Abbildung seines Spitzhutes mit allen Details, den Sternen, der Brosche mit dem Doppel-R.

Nachdem alles vorbereitet war, verließ Reginald wieder den Kreis, während sich Eli direkt in dessen Mitte kniete und sich mental vorzubereiten begann. Er atmete ruhig und tief und es war so leise, dass man eine Stecknadel hätte fallen hören. Doch diesmal hatte niemand eine dabei. Gut, dass keine Wachen in der Nähe waren, die die Einhaltung der ungeschriebenen Gesetze kontrollierten.
»Nein!«, schrie Eli plötzlich auf.
Die anderen erschraken fürchterlich und machten allesamt einen Satz nach hinten.
»Mir ist das Kunstblut ausgegangen! Alexius!? Auf Bam-A-Zone Kunstblut nachbestellen! Aber kein stark gerinnendes, wie zuletzt. Nicht, dass mir die Kunden hier wieder umfallen.«
Wieder meldete sich die geschlechtsunspezifische Stimme zu Wort, diesmal deutlich sprechend: »Kunstblut wird nachbestellt, Eli.«
»Falscher Name, Alexius«, sagte Eli etwas aufgebracht.
»Ja, natürlich! Verzeihung, Lord Dark Raven.«
»Na bitte, geht doch. Nun gut, dann machen wir es eben ohne Blut.« Eli atmete nochmal tief ein. Dabei streckte er seine Arme zur Seite, hielt die Position und schnippte. Blitzartig begannen alle

Kerzen im Raum zu brennen.
Nun vollführte er einige mystische Handbewegungen und murmelte ein paar Zauberformeln vor sich hin. Schon nach kurzer Zeit begannen der Kreis, die Runen und auch die Symbole, die Reginald gezeichnet hatte, zu leuchten. Er platzierte seine Hände direkt über dem Päckchen und sprach laut und deutlich:
»Reserans!«
Ein heller Lichtblitz fuhr aus dem Paket und blendete die Zuseher für einen Augenblick. Sie rieben sich die Augen. Nur Salem nicht, der schon aus Erfahrungswerten geschöpft, damit gerechnet und rechtzeitig die Augen verschlossen hatte. Und auch Mortimer war nicht betroffen, er hatte schließlich keine Augäpfel mehr.
Als Reginald wieder eine klare Sicht hatte, mal abgesehen von dem einen oder anderen hellen Fleck, stand Eli bereits mit dem geöffneten Paket vor ihm. Alle Anwesenden, bis auf Salem, den grundsätzlich nichts zu interessieren schien, versammelten sich um den Magier und starrten in das nun offene Paket.

Kapitel 12
Wofür bin ich bekannt?

Aros hatte den beiden Banditen genug Zeit eingeräumt, sich mit den lehrreichen Gesellschaftsspielen zu befassen. Nun war er zurückgekehrt, um ihnen eine Chance zu geben, sich glaubenstechnisch zu rehabilitieren.
»Also, wer bin ich?«, fragte Aros zum Einstieg.
»Aros Joy Muriel Maximus Titus Fidelius Prudence der Große, Schöpfer aller Dinge«, antwortete einer der beiden wie aus der Pistole geschossen.
»Gut! Aber das habe ich euch ja schon vorhin verraten. Beginnen wir nun mit den richtig interessanten Fragen. Woher komme ich?«
»Deine Existenz ist ungeklärt und ein Rätsel. Auch du selbst sprichst nicht darüber«, antwortete jetzt der andere.
»Richtig!«, bestätigte der Schöpfer freudig. »Gibt es noch etwas dazu zu wissen?«
»Die Gelehrten in der magischen Gemeinschaft munkeln, dass du ein Wesen eines anderen Sterns oder Universums sein könntest«, sagte der eine, und der andere fuhr fort: »Oder du bist dem kranken Geist eines noch höheren Wesens entsprungen, dass dich einfach aus Lust und Tollerei erfunden hat.«
»Nun gut, das lasse ich gelten. Und ich werde das nicht kommentieren. Dann kommen wir mal zur nächsten Frage.«
Der Schöpfer aller Dinge überlegte kurz, dann fuhr er fort. »Wofür bin ich bekannt?«
Wieder begann der erste Bandit den Satz. »Du bist für deine exzentrische Natur bekannt und liebst deine Schöpfung. Doch genauso liebst du es, von ihr oder uns Menschen verehrt zu werden«, an dieser Stelle übernahm wieder der Zweite.
»Das war auch der Grund, warum du dich uns Menschen und anderen Rassen zu erkennen gegeben hast. Es reichte dir nicht, nur auf einer Wolke zu sitzen und angebetet zu werden, du wolltest mehr, hast dich unter unseresgleichen begeben und

dauerhaft die Gestalt eines Menschen angenommen.«
Nun sprach wieder der Erste.
»Genau! Und zurzeit kennt man dich als berühmten und großartigen Musiker.«
Der zweite Bandit setzte wieder an, doch Aros unterbrach ihn.
»Scheint mir, als hättet ihr eure Hausaufgaben gemacht, Jungs«, sagte er mit einem väterlich anmutenden Unterton.
»Nun gut, ich will mal nicht so sein. Niemand sollte zu lange im Abyss verweilen. Schon gar keine Menschen. Ihr neigt ja schon im normalen Leben viel zu schnell zu mentalen Beeinträchtigungen. Da soll euch dieser Ort hier nicht auch noch die Birne weichkochen.«
Die beiden Männer sahen sich an und lächelten vor Freude. Das Lächeln war allerdings kaum zu erkennen, da sich in der Zwischenzeit beachtliche Vollbärte in ihren Gesichtern gebildet hatten. »Danke, Herr Aros!«, sagten sie unisono und erwarteten den Zauber, der sie zurück in ihr altes Leben befördern sollte.
»Eins noch, Jungs. Ich kann euch nicht vorschreiben, was ihr zu tun und lassen habt. Ich bin ein Schöpfer, der seinen Schützlingen freie Hand lässt. Aber besucht doch mal wieder eure Mutter. Sie hat euch schon lange nicht gesehen und jeden Abend betet sie zu mir, dass es euch gut geht und ihr noch am Leben seid.«
Etwas überrascht von dieser Nachricht starrten sie erst nur verdutzt. Doch dann drehten sie sich zueinander.
»Er hat recht, John«, sagte der Eine. »Wir sollten unsere Mom mal wieder besuchen.« Der andere Bandit war noch immer zu keiner Regung fähig. Doch dann kullerte ihm eine dicke Träne die Backe herunter, die sich sogleich im dichten dunklen Bart verhedderte.
»Was sagst du, John?«, wollte Aros wissen.
»Ja, das machen wir«, sagte der zweite Bandit erst leise und wiederholte dann deutlicher und lauter. »Das machen wir!«
Aros nickte freudig, hob seine beiden Hände und hielt die Handflächen nach oben. Er begann, die Hände in der Luft leicht zu kreisen und plötzlich schrumpften die beiden Männer bei jeder Kreisbewegung um ein paar Zentimeter. Gleichzeitig schwebten sie in Richtung der Handflächen, bis jeder von ihnen auf einer

Hand aufsaß. Sie schrumpften immer weiter und weiter und mit einem Mal schloss Aros seine Hände zu Fäusten.

John lag rücklings im Staub und hatte tierische Kopfschmerzen. Er sah sich um, doch seine Sicht war ziemlich verschwommen. Langsam drehte er sich zur Seite und dann vorsichtig auf den Bauch. Er atmete zweimal tief durch und schüttelte seinen Kopf. Hatte er das alles nur geträumt? Zeitlose Dimensionen? Schöpfer im leeren Raum? Dann fiel ihm wieder ein, dass er nicht alleine dort war. Langsam stütze er sich auf und erhob sich so weit, bis er schließlich kniete.
»Terry?« Doch es kam keine Antwort. Er rieb an seinen Augen und schüttelte nochmals den Kopf. Jetzt schärfte sich auch langsam seine Sicht wieder. Unweit von ihm lag sein Zwillingsbruder, der aber noch ohnmächtig war. Das sollte sich aber bald ändern, da just in diesem Moment ein Straßenköter herantrottete und an seinem Gesicht zu schlecken begann.
»Geh weg von mir«, hörte er ihn bereits stöhnen.
Er stand auf, ging zu seinem Bruder hinüber, verscheuchte den Hund und reichte Terry die Hand, um ihm dabei zu helfen sich aufzusetzen.
»Wie geht es dir?«, fragte er sein genetisches Ebenbild.
»Ganz gut, glaube ich. Aber mein Gesicht stinkt von diesem Köter.«
John musste unweigerlich lachen und klopfte sich den Staub von der eigenen Kleidung.
»Das hier ist die Gasse, wo wir sie fast erwischt hätten. Erinnerst du dich?«
»Vage«, sagte der Zweite. »Aber langsam kommt die Erinnerung wieder. Ist denn auch noch dieselbe Zeit?«
John sah sich um. »Ich denke schon. Der Sonnenstand stimmt und siehst du das?«, er deutete auf die Wäscheleine, die über der Gasse gespannt war.
»Was? Die Stimmungskiller von Unterwäsche, die da zum Trocknen hängen?«
»Genau die, die hingen auch vor unserem unrühmlichen Abgang schon dort.«
Auch er stand langsam auf und begann sich, den Schmutz der

Straße von der Kleidung zu putzen. Plötzlich schoss ihnen, wie so oft, der gleiche Gedanke ein.
»Das Paket!«, riefen sie zeitgleich.
»Mann, der bringt uns um!«, sagte John mit Angst in der Stimme.
»Gut möglich. Aber wenn wir ihn gleich aufsuchen und ihm sagen was passiert ist, können wir ihn vielleicht noch milde stimmen.«
John ließ sich schnell überzeugen.
»Wir haben doch ohnehin keine andere Wahl. Wenn wir uns absetzen, wird er uns sicher finden. Er ist viel zu mächtig«, dabei rieb er sich seinen knurrenden Bauch. »Aber wenn es nicht klappen sollte, möchte ich vorher schon eine Henkersmahlzeit. Ich habe so dermaßen Kohldampf.«
»Ja, mir geht es auch so. Komm, wir gehen zu Mutter. Sie hat sicher was zu essen für uns«, schlug Terry vor.
John sah ihn überrascht an und im gleichen Moment klangen Aros' sanfte Worte in seinem Hinterkopf nach: »Besucht doch mal wieder eure Mutter.«
»Alles klar, lass uns gehen«, sagte John nur noch und deutete seinem Bruder aufzubrechen. Dieser aber blieb an Ort und Stelle stehen und sah sich nochmals suchend um.
»Sag mal, wo ist denn eigentlich unser Cousin Brutus?«
John zuckte unwissend mit den Achseln.
»Keine Ahnung.«

Kapitel 13
Denk nach, Reginald, denk nach

Sie hatten sich zur Untersuchung des Inhalts wieder in Elis Kabinett begeben. Im Hobbyraum wurde es bei Ritualen immer so schnell stickig, was wohl auch an der Aufregung und dem Angstschweiß lag.
»Was soll das sein? Ein Liebesbrief?«, fragte Mortimer mit offenkundig sarkastischem Unterton. Reginald hielt ein Kuvert in der Hand, welches zuvor noch in dem Paket gelegen ist.
»Lasst es uns herausfinden.« Dabei öffnete er es vorsichtig. Im Kuvert befand sich ein Stück Papyrus, auf dem etwas geschrieben stand. Reginald nahm es heraus. Als er es herauszog, fiel ein kleiner schwarzer Stein zu Boden, der mit einem dunkelblauen, aber unscheinbaren Kristall bestückt war. Er war oval, flach und etwas größer als eine Münze. Mock hob es auf und betrachtete es.
»Sieht aus als wäre da ein Stück Schmutz mit in den Umschlag geraten.« Eli trat an ihn heran, nahm es ihm ab und legte es auf den Wohnraumtisch. Dabei bemerkte er die scharfen Kanten, die das Objekt hatte. Reginald entfaltete das Stück Papyrus und begann laut vorzulesen:
»Einen Liter Milch, sechs Wachteleier, 250 Gramm Alraunenwurzel (getrocknet), einen Toilettenbesen, Feuchttücher, Salzstangen…«
Reginald unterbrach die epische Lesung, blickte auf und fragte verwirrt:
»Eine Einkaufsliste?« Doch da deutete Mortimer schon mit seinem knöchernen Finger auf den Zettel.
»Auf der Rückseite steht noch etwas.«
Reginald drehte das Schriftstück um und fing von Neuem an zu lesen:
»Die Suche nach der Ewigkeit sollt‘ nicht lange dauern, sie versperrten Moira hinter dicken Mauern.« Bereits nach dem ersten Satz füllte sich der Raum mit magischer Energie. Filibos Haare stellten sich bereits auf. Das lag aber auch an der inneren

Unruhe, die in ihm aufkam.
»Moira? Der Name kommt mir bekannt vor«, murmelte Eli und versank in Gedanken während er weiter zuhörte.
»Ein Gefängnis aus Erz und Stein, Blut, Schmerz und Gebein.«
Die Energiedichte im Raum stieg an und plötzlich begann der Stein am Tisch zu glänzen, schwarz wie die Nacht, mit funkelnden Sternen darin und dem blitzenden blauen Kristall. Doch niemand bemerkte es.
»An Ketten aus Stahl gebunden, verflucht und nie gefunden.«
Mit jedem weiteren Wort verstärkte sich das Leuchten des Steins. Erst jetzt entsann sich Eli und es fiel ihm wie Schuppen von den Augen, was dieser Stein in Wirklichkeit war.
»Eine Schattenrune!«, stöhnte er voller Entsetzen. »Lies nicht weiter! Das ist ein dunkler Zauber!« Aber Reginald hörte seine Worte nicht, sein Geist drehte sich nur mehr um die Buchstaben vor seinen Augen. Ein Bann zwang ihn dazu, die Worte auszusprechen. Filibo schnappte nach Reginalds Umhang und begann daran zu zerren um ihn aus seiner Trance herauszuholen.
»Doch der, dessen Blut zu ihrem passt, bricht den Fluch ohne jede Last.«
Mit einem Mal setzte sich die Schattenrune in Bewegung, flog auf Reginald zu und streifte seine linke Wange, woraufhin er leicht zu bluten begann. Die scharfe Kante hatte ihn geschnitten. Dann flog der Stein nochmal vorbei und fing einen fallenden Tropfen Blut auf. Filibo hing noch immer an seinem Umhang und zerrte wie verrückt. Alle anderen kamen nicht mehr an ihn heran, da die beiden nun ein starkes magisches Kraftfeld umgab.
»Und ohne Müh, zu ihrem Ort, öffne sich ein Teleport.«
Dies war der letzte Satz der Zauberformel, welcher verheerende Auswirkungen zu haben schien.
»Verdammt Filibo, was habe ich getan?«, sagte Reginald, der nun wieder bei Sinnen war. Ein magischer Sturm herrschte nun in Elis Wohnkabinett. Reginald sah nur noch, wie die anderen außerhalb des Kraftfeldes Schwierigkeiten hatten, überhaupt auf den Beinen zu bleiben. Selbst der lethargische Riesenkater Salem hatte sich mit allen Vieren in den Holzdielen des Fußbodens festgekrallt. Vor Reginald rotierte der schwarze Stein, eine Schattenrune, einer

der mächtigsten bekannten Zaubergegenstände überhaupt. Langsam formte sich ein Dimensionstor aus dem Stein, welches immer größer wurde und eine immer stärkere Sogwirkung entwickelte.
»Denk nach, Reginald, denk nach«, befahl er sich selbst und massierte dabei seine Schläfen. »Fili, wir werden gleich irgendwohin teleportiert, wenn ich die Situation richtig deute. Egal was uns erwartet, wir müssen zusammenbleiben.«
Der Gepard stimmte im hastig nickend zu während er versuchte, dem Sog zu entgehen. Es gelang ihm nicht. Mittlerweile hatte sich ein Dimensionstor geöffnet, welches vom Boden in ovaler Form bis zur Decke reichte.

Eli, Mock, Mortimer und Salem hatten mit den unbändigen magischen Kräften um das Energiefeld herum zu kämpfen. Jeder hatte bereits Halt gefunden und konnte den Kräften soweit trotzen, um sich nicht zu verletzen oder von einem herumrutschenden Möbelstück getroffen zu werden.
Der weißhaarige Zauberer Eli beobachtete das Geschehen, konnte aber nicht ganz durch die Barriere hindurchsehen. Er erkannte das sich öffnende Portal und dessen Sogwirkung, die es auf Filibo und Reginald hatte. Auch den kräftezehrenden Kampf gegen diese unbändige Kraft der beiden konnte er beobachten. Doch das alles hatte keinen Sinn. Als die Anziehungskraft zu stark wurde, sah er nur zwei Körper für den Bruchteil einer Sekunde durch die Luft fliegen und in der dunklen Masse des Portals verschwinden.
Und mit einem Mal, war alles ruhig. So, als wäre nichts gewesen. Keine Barriere, kein magischer Sturm, kein Portal. Aber auch kein Reginald und kein Filibo.
Die übrigen Recken fingen sich langsam wieder und rafften sich auf. Salem fuhr seine Krallen wieder ein, die er im Holzboden verankert hatte und begann seelenruhig, aber deutlich verärgert über seine zerzauste Mähne, sein Fell zu putzen.
Während Mortimer noch einzelne Knochen zusammensammeln musste, ging Eli auf die Stelle zu, wo sich das Portal befand. Am Boden lag etwas Schwarzes. Langsam ging Eli in die Knie, bis er genau davor hockte. Er hob den seltsamen Gegenstand auf und hielt ihn in beiden Händen.

Mock, der sich nun auch wieder aufgerafft hatte, kam zu Eli rüber. Die Blicke der beiden trafen sich.
»Wo sind sie hin?«
»Ich weiß es nicht. Aber Reginald hat das hier dagelassen«, antwortete Eli und grinste sein Gegenüber hoffnungsvoll an. Mock erblickte den Gegenstand und öffnete nur überrascht seinen Mund.

Kapitel 14
Kommt mir irgendwie bekannt vor

Reginald und Filibo lagen auf einem kalten, staubigen Boden. Fast so dreckig wie in den Gassen Kamquarks. Aber selbst eine dunkle, feuchte Höhle konnte das nicht übertreffen. Reginald ächzte während er sich aufsetzte und griff sich an den Kopf. Er hatte sich offenbar beim Austritt aus dem Portal an einem Felsen gestoßen. Filibo stand bereits neben ihm und stupste ihn vorsichtig mit seiner Nase gegen die Schulter.

»Ja, Kumpel, alles gut. Der Felsen, der meinem Dickschädel das Wasser reichen kann, muss erst noch von Aros erschaffen werden.«

Reginald sah sich um. Sie befanden sich in einer düsteren kleinen Höhle. Es war mehr eine Art Gang, der noch tiefer in das Felsgewölbe führte.

»Sieh nur, Fili«, sagte Reginald und deutete auf etwas.

Mitten im Gang schwebte die Schattenrune und spendete etwas Licht. Reginald griff nach seinem Hut, den er mal wieder verloren hatte. Er setzte ihn auf seinen Kopf und erhob sich ächzend.

»Alles klar bei dir?« Filibo nickte zustimmend. »Gut, dann sehen wir uns hier doch mal um.«

Er begutachtete die Höhle. Die Wände waren aus blankem Felsen und glitzerten stellenweise bläulich. Sie waren mit einer hohen Menge an Erz durchzogen. Der Gang führte in zwei Richtungen. Auf der einen Seite wartete die schwebende und lichtspendende Schattenrune. Auf der anderen Seite nur beängstigende Dunkelheit.

»Ganz schön düster hier. Ich werde mal versuchen, noch mehr Licht aus der Schattenrune rauszukitzeln«, sagte Reginald und ging auf den schwebenden Stein zu. Als er nach der Rune greifen wollte, bewegte sie sich einen halben Meter von ihm weg. Er versuchte es erneut. Wieder entfernte sich die Rune etwas weiter. Reginald ließ die Schultern hängen.

»Vielleicht hätte ich mal besser im Unterricht aufgepasst, dann

wüsste ich noch, wie der Lichtzauberspruch funktioniert.«
Kommentarlos und ohne eine einzige Bewegung starrte Filibo seinen Freund an. Reginald wusste genau, dass er ihm in Gedanken vorwurfsvoll zustimmte.
»Na gut, machen wir das Beste daraus.«
Er ging wieder ein paar Schritte auf die Schattenrune zu und wieder hielt sie den Sicherheitsabstand zwischen den beiden ein.
»Entweder möchte sie nicht berührt werden oder sie ist dazu gemacht, uns den Weg durch dieses Gewölbe zu zeigen«, Reginald griff sich gedankenversunken ans Kinn.
Plötzlich trottete der Gepard an ihm vorbei. Auch ihm gegenüber hielt die Schattenrune einen Abstand ein. Damit bewegte sie sich immer weiter in die Tiefen der Höhle, während sich der Vierbeiner langsam von Reginald entfernte.
»Denkst du, das ist eine gute Idee?«, rief Reginald seinem Gefährten verunsichert hinterher. Um ihn herum wurde es nun langsam stockfinster. Ohne ein weiteres Wort zu verlieren, lief er Filibo nach.

Sie waren bereits einige Zeit unterwegs und langsam begann sich, der felsige Gang zu verbreitern. Filibo schien sehr ruhig. Gemächlich trottend folgte er noch immer dem schwebenden Lichtspender. Reginald hingegen wurde aber mit jedem Schritt nervöser.
»Wie lange sind wir schon hier, Fili?« Dabei hob er seine linke Hand, um einen Blick auf die Uhr zu werfen.
»Was? Schon sechs Uhr abends?« Er hielt kurz inne. »Nein, sieben Uhr, nein, fünf Uhr.« Filibo blieb stehen und warf Reginald einen verdutzten Blick zu. Auch die Rune blieb nun wieder an Ort und Stelle in der Luft hängen.
Reginald drehte sich im Kreis. »Neun Uhr abends, zehn Uhr! Bei Aros! Jetzt ist es Nacht! Wir müssen in einem Zeitwirbel gefangen sein!«
Er stand nun genau mit dem Rücken zu Filibo und der leuchtenden Schattenrune. Filibo seufzte und wartete. Einige Sekunden absolute Stille wirkten nun auf die beiden ein. Und plötzlich konnte man etwas hören. Es waren die Zahnräder in Reginalds Kopf, die endlich wieder ihren Dienst aufnahmen.

Reginald lachte leise und verlegen. »Ach ja. Meine Sonnenuhr geht hier unten ja falsch.« Er räusperte sich, versteckte die Uhr wieder unter dem Ärmel seines Hemdes und ging wieder auf die Rune zu. Dabei sah er nur den vorwurfsvoll spöttischen Blick seines tierischen Freundes. Er ignorierte ihn so gut er konnte und hielt sein Haupt stolz oben. Filibo wünschte sich in dem Moment nichts mehr als Hände zu haben, damit er sich mit der flachen Hand auf die Stirn schlagen konnte. Oder noch besser, auf Reginalds Stirn.
»Komm schon, Fili! Wir wollen doch mal sehen, wo uns dieses Ding hinführt!«
Filibo schüttelte resignierend den Kopf und folgte Reginald.

Es dauerte nicht mehr lange bis die beiden aus dem Gang heraustraten und sich vor ihnen ein riesiges Höhlensystem auftat. Soviel Reginald und Filibo sehen konnten, hatte die Höhle die Form einer Kuppel. Am Rand der Kuppel befand sich ein Weg, ungefähr drei Meter breit. Aber abgesehen davon, gab es keinen Boden hier. In der Mitte klaffte ein riesiges Loch unbekannter Tiefe. Und auch das andere Ende dieses mächtigen unterirdischen Raumes vermochte Reginald nicht zu sehen. Direkt am Ende des Ganges stand ein Wegweiser. Er wies in drei Richtungen. Aus einer davon, waren sie gekommen. Der Richtungspfeil besagte: »Eingang (Status: sicher).« Ein anderer Pfeil zeigte auf den Weg nach links. Darauf stand: »Ausgang (Status: sicher).« Diesmal war aber noch ein kleiner Stern neben dem Wort »sicher*« zu erkennen. Und auf dem Pfeil, der nach rechts zeigte, stand: »Kammer des Weckens (Status: geheim).«
»Kammer des Weckens? Kommt mir irgendwie bekannt vor«, murmelte Reginald leise vor sich hin und fuhr dann weiter fort. »Na, so geheim kann die Kammer ja nicht sein, wenn sie hier sogar angeschrieben steht. Komm, Fili, lass uns mal nach dem Ausgang suchen.« Der junge Mann wandte sich nach links. Doch etwas hielt ihn fest. Es war die linke Pfote seines Freundes, die auf seinem Umhang stand und ihn am Weitergehen hinderte.
»Hey, was soll das?«, sagte Reginald aufgebracht, da er leicht ins Stolpern gekommen war. Filibo ging zur Tafel, richtete sich auf seine Hinterbeine auf und klopfte mit den Vorderpfoten auf den Pfeil, der nach links zeigte.

Reginald trat näher heran. Erst wenige Zentimeter vor dem hölzernen Richtungsweiser erkannte er das Kleingedruckte, das weiter unten stand:

»*) Sicher nur für: Zauberer der Stufe 10, flinke Flugwesen (z.B. Kolibris, Harpyen, Schmeißfliegen oder levitierende Minischweine), Schöpferentitäten, übermächtige Dämonen, Mantarochen und Vanillepudding. Für Besitzer der legendären Drachenrüstung der Kochkunst besteht ebenfalls eine Chance, den Weg sicher zu passieren. Wir übernehmen hierfür aber keine Haftung.«

»Vanillepudding?«, sagte Reginald verwundert. Der Rest des Textes erschien ihm offenbar alltäglich. »Na gut, was schlägst du also vor, Fili?«
Der Gepard begann zu sprechen. Seine Mimik bewegte sich aufgeregt und mitteilsam und auch sein Körper zuckte in einer Art Ganzkörpergestik. Dann endete der tierische Monolog und Filibo erwartete eine Antwort.
»Ich habe kein Wort verstanden. Diese seltsamen Tigergeräusche verstehe ich einfach noch nicht. Tut mir leid, Kumpel.« Filibo ließ enttäuscht den Kopf hängen. Reginald beugte sich zu ihm herunter und streichelte seinen Kopf.
»Ich sage, wir sehen uns mal diese ominöse geheime Kammer an, wenn wir schon hier sind.« Schnell warf er noch einen Blick auf den Pfeil, der zur Kammer deutete, um sicherzugehen, dass es dazu kein Kleingedrucktes gab. Zu seiner Freude gab es tatsächlich keine Zusatzinformationen und so gingen sie den rechten Weg entlang der Kuppelwand in Richtung der Kammer des Weckens. Allen voran die Schattenrune, die ihnen den Weg leuchtete.
»Was die anderen jetzt wohl machen.«
»Sie sind sicher ganz krank vor Sorge und schon drauf und dran, uns hier rauszuholen.«

Kapitel 15
Also ich bin raus

»Call!«, sagte Mock und hielt damit Elis Einsatz. Dabei schob er die benötigte Menge Jetons in die Mitte des Tisches. Es lagen bereits ein rotes Drachenei, ein weißes Wattestäbchen und ein schwarzer Flamingo in Form von Spielkarten vor den Spielteilnehmern. Alle starrten nun auf Mortimer, der an der Reihe war.

»Wusstet ihr eigentlich, dass ich mal auf der Straße von einem Modell-Scout angesprochen wurde. Er meinte, ich hätte die perfekte Figur für den Laufsteg«, erzählte das Skelett beiläufig, während er in seine Karten blickte. Sein knöchernes Gesicht verriet nicht viel über die Karten, die er womöglich in der Hand hielt.

»Hab ihm gesagt, ich wäre nicht dafür geschaffen, weil ich ja keine Haut habe und so.« Kurz griff er sich ans Kiefer und schob dieses hin und her.

»Das hat er dann eingesehen. Er meinte, das wäre ihm erst gar nicht aufgefallen.«

Als er bemerkte, dass ihn alle verdutzt anstarrten, griff er zu seinen Jetons und ließ völlig unbewegt wieder ein paar Sekunden verstreichen.

»Obwohl, ich hätte sicher alle Blicke auf mich gezogen am Laufsteg.«

»Quatsch keine Opern hier. Gehst du jetzt mit oder nicht?«, drängte ihn der schon etwas ungeduldig gewordene Mock zu einer Spielentscheidung.

»Nur die Ruhe, Junge. Dass ich gewinnen werde, ist klar, ich denke noch darüber nach, wie sehr ich euch leiden lasse«, dabei grinste er, vermutlich.

»All in!« Mortimer schob alle Jetons mit beiden Knochenhänden in die Tischmitte.

»Da gehe ich mit«, reagierte Salem, der links von Mortimer saß, ruhig und selbstsicher. Plötzlich bewegte sich sein geordneter Jeton-Berg wie von Geisterhand über den Tisch.

»Da fehlt aber ein Jeton«, murrte Mortimer zu dem Kater hinüber. Ohne ein Wort zu sagen und nur mit einem Blick, zwang er den letzten etwas seitlich liegenden Jeton in die Luft. Galant und wie eine Feder so leicht, segelte der Jeton direkt auf den restlichen Einsatz, der sich im Spiel befand zu und landete am höchsten Punkt, genau auf der Jeton-Randkante. Doch als würde das nicht ausreichen, brachte Salem das Stück auch noch in Rotation.
»Zufrieden?«, sagte er zu seinem knöchernen Gegenspieler, während sein Schweif nervös zuckte. Links von Salem saß Eli, der sich ins Fäustchen lachte.
»Macht sich der Katzenstreu-Liebhaber etwa über mich lustig?«, fragte Mortimer in die Runde. »Na du wirst schon sehen, was du davon hast.«
»Also ich bin raus – Fold«, resignierte Eli und knallte seine Karten verdeckt auf den Tisch.
»Da kann ich auch nicht mehr mit«, fügte Mock hinzu und tat es Eli gleich.
»Showdown«, meldete sich die unsichtbare Stimme Alexius. »Ich decke nun weitere zwei Karten auf.«
Aus dem Schlitz einer Box rutschte erst eine und dann noch eine zweite Karte heraus. Sie wurden, wie auch die Jetons von Salem mit magischer Hand bewegt und aufgedeckt. Die erste Karte zeigte einen Affen mit drei Köpfen. Die zweite, eine Insel im unendlichen Ozean. Nun lag Spannung in der Luft. Man konnte es direkt knistern hören. Das Knistern wurde immer lauter und nun kam ein Knacken und Krachen dazu.
Mit einem Mal starrten alle auf Mock, der eine Tüte Popcorn in der Hand hielt und ungehemmt aus ihr naschte. Es dauerte einige Sekunden bis er die Blicke auf sich spürte. »Oh, entschuldigt«, sagte er mit vollem Mund und legte die Tüte zur Seite, während er noch weiter vorsichtig vor sich hin kaute. Alexius meldete sich wieder zu Wort.
»Meine Herren, offenbaren sie ihre Karten.«
»Na gut, Flohsack. Sieh und staune.« Mortimer legte seine Karten auf den Tisch. Er hatte einen weißen Flamingo und ein legendäres Katana-Schwert. Die Karten näherten sich magisch an die anderen an. Plötzlich verbanden sich die beiden Flamingos und wurden zu

einem schwarz-weißen Yin-Yang Symbol. Im nächsten Augenblick schob sich das Katana dazu und aus dem Symbol wurde ein hünenhafter Samurai.
»Gratuliere, Mister Mortimer. Sie haben den legendären Samurai der Dualität. Eine starke Kartenkombination«, bewertete Alexius das Blatt des Skeletts.
»Nun, Mister Salem.«
Ohne ein Wort brachte Salem seine Karten in Bewegung. Bis jetzt segelten die Karten verdeckt einige Millimeter über der Tischoberfläche. Jetzt aber stiegen sie auf und offenbarten sich. Eine Karte zeigte einen jungen, blonden Mann mit einem weißen Hemd und einem Krummsäbel in der Hand. Die zweite Karte offenbarte einen geisterhaften Piraten mit schimmernd blauer, leicht durchsichtiger Haut. Direkt verbanden sich die beiden Karten mit der Insel, dem Wattestäbchen und dem dreiköpfigen Affen. Eine heitere Musik begann zu spielen und die Karten verwandelten sich in ein Piratenschiff, das auf sanften Wellen vor ihren Augen dahinglitt. Wenn man ganz genau aufpasste, konnte man eine leise Stimme hören: »Ich bin ein mächtiger Pirat!«
»Mister Salem hat das Geheimnis der Affeninsel und damit das stärkere Blatt. Ich gratuliere Ihnen zum Sieg.«
»Das darf ja nicht wahr sein«, rief Mortimer sichtlich verärgert und stand abrupt auf. Er murmelte etwas in seinen nicht vorhandenen Bart und starrte aus dem Fenster nach draußen.
»Ich wusste gar nicht, dass es diese Kartenkombination gibt«, sagte Mock und versuchte, die Situation etwas zu entschärfen.
»Doch, doch«, warf Eli ein. »Sie kommt nur sehr, sehr selten. Das seltenste Blatt ist übrigens die ultimative Kombination von fünf Aros Karten. Man munkelt, wenn man die fünf Aros Karten hält, taucht Aros selbst auf und spielt ein paar Runden mit. Ich kenne aber niemanden, der das je geschafft hätte.«
»Außer deinem Ur-Ur-Urgroßvater kenne ich auch niemanden«, fügte Salem hinzu.
»Hach, wie gerne wäre ich damals dabei gewesen«, seufzte Eli.
»Dafür müsstest du so alt sein wie ich. Und das ist nicht erstrebenswert, glaube mir«, erklärte der Kater.
»Warum nicht?«, wollte Mock wissen. »Ist es nicht toll, so alt zu

sein und so viel Erfahrung zu haben?«
Salem atmete tief ein und wieder aus.
»Junge, ich muss mir schon mein ganzes Leben lang die dummen Fragen von euch Menschen anhören und wie es scheint, soll es heute nicht anders sein. Und putz du dir mal mehrere Jahrhunderte deinen Hintern mit der eigenen Zunge. An das gewöhnt man sich nie.« Salem schüttelte sich und seine Nackenhaare stellen sich auf.
Vom Fenster herüber hörte man nur ein Murmeln von Mortimer, der noch immer sichtlich sauer war, weil er gegen den Kater verloren hatte.
»Ich verliere haushoch gegen einen Flohsack, der sich den Hintern mit der Zunge putzt. Wenn das mein Meister wüsste, würde er mich zurück in die Gruft befördern.«
Eli versuchte das Gespräch in eine neue Richtung zu lenken.
»Na gut, noch eine Runde? Oder wollt ihr etwas anderes spielen?«
»Sollten wir uns nicht langsam Sorgen machen?«, fragte Mock die anderen. Er hatte ein schlechtes Gewissen, das merkte man ihm deutlich an.
»Nein, wieso denn?«, antwortet Eli. Und Mock fuhr mit seinen Bedenken fort. »Naja, es ist jetzt schon eine ganze Weile her. Vielleicht ist etwas passiert. Wir sollten wenigstens irgendetwas tun.«
Eli nickte und verstand die Sorge des Jungen. »Du hast Recht, ich werde…«
Ein Aufschrei vor dem Fenster unterbrach den Hausherren.
»Ein Gast für Eli Rabenkleid. Eli Rabenkleid, ein Gast für Sie! Der Pizzabote Nino.«
»Aros sei Dank! Da fällt mir aber ein Stein vom Herzen. Ich hatte schon Angst, ihm wäre auf dem Weg zu uns ein Unglück geschehen. Oder noch schlimmer, den Pizzen!«, verkündete Mock erleichtert.
Eli klopfte Mock beruhigend auf die Schulter und lächelte.

Kapitel 16
Gruselig

Nachdem sich der Weg wie eine Spirale die kuppelförmige Höhle an der Wand hinab gewunden hatte, waren Reginald und Filibo nun ganz unten angekommen. Etwas weiter rechts war eine Einbuchtung im Felsen zu sehen. Aber da sich das Licht der Rune nicht dorthin bewegte, verschwand sie recht schnell wieder in der Dunkelheit.

Die beiden Recken folgten dem magischen Stein, der ihnen noch immer den Weg wies zielstrebig in die Mitte des Raumes, bis vor einen enormen Felsen.

Der Felsen war so massiv wie der Rest der Höhle, sicher fünf Meter hoch und genauso breit. Mit dem Unterschied, dass er noch mehr schimmerte als alles andere. Außerdem war ein kleines Tischchen davor aufgestellt, welches von einem Ring aus Knochen umgeben war. Auf dem Tisch stand ein Teller, in dem sich klebrige Flüssigkeit befand. Ebenso war der Tisch selbst damit befleckt worden. Offenbar diente er als Fläche für zwielichtige und mindestens genauso ekelhafte Rituale.

»Gruselig!« Reginald begutachtete die Gebeine etwas genauer.

»Das sind keine Menschenknochen. Das hier ist ein Hühnchen-Friedhof«, kommentierte er seine Untersuchungen und fügte in Gedanken hinzu:

»So wie Mocks Bäuchlein beim letzten Schulfest.« Sogleich tadelte er sich selbst für seinen spöttischen Gedanken gegenüber seines Mitschülers und Freundes.

Plötzlich vernahmen sie ein lautes, schabendes Geräusch. Es kam aus der Richtung der Einbuchtung, an der sie vorbeigelaufen waren. Reginald konnte nichts erkennen, doch was er sah, waren die Rückenhaare seines vierbeinigen Gefährten. Sie stellten sich erneut auf und Filibo ging in eine verteidigende Haltung. Ein leises Knurren kroch aus der Kehle des Gepards. »Was ist los, Fili?«

Schritte kamen auf sie zu. Einige davon hörbar trippelnd und

andere dagegen sanft wie eine Feder. Dazwischen konnte man immer wieder ein Schlürfen und Schmatzen vernehmen. Langsam traten zwei Gestalten aus der Dunkelheit an sie heran. Eine der beiden war groß, mit einem schwarzen Umhang bedeckt und eine Kapuze bis ins Gesicht gezogen. Die Statur erinnerte an die einer Hochelfe aus dem Norden. Die andere Gestalt war das genaue Gegenteil: Klein, pummelig, mit einem seltsamen Hut mit Feder und einer Visage, so hässlich wie ein vergammelter Salatkopf. Unweigerlich musste Reginald an die Romane denken, die er in der Schule immer lesen musste. Die Geschichten, die immer gleiche Archetypen an Bösewichten zutage brachten. Aber noch war nicht klar, ob die beiden nicht doch hier waren, um ihn und seinen bereits recht aufgeregten Freund willkommen zu heißen.
»Willkommen in der Kammer des Erweckens«, sprach eine angenehm klingende Frauenstimme. Es war eindeutig die große Gestalt vor ihnen. Denn der kleine Gnom lutschte genüsslich an einem Hühnerknochen. Wie hypnotisiert beobachtete Reginald, wenn auch etwas angeekelt, den Verwertungsvorgang des Hühnerschenkels. Als der kurzgewachsene Typ mit dem Knochen fertig war, schnippte er ihn gekonnt auf die anderen schon im Raum befindlichen Hühnergebeine.
Die größere Gestalt gab dem Gnom einen Schubs und beugte sich ermahnend zu ihm herunter. Reginald konnte nicht hören, was sie sprachen. Aber er vernahm etwas wie »Ritualtisch ... ekelhaft ... nicht als Esstisch benutzen ...«
»Entschuldigen Sie, aber sollte es nicht Kammer des Weckens heißen? So stand es zumindest oben angeschrieben«, fuhr es aus Reginald heraus und er unterbrach die Diskussion der beiden. Er wunderte sich selbst über seine Frage. Aber scheinbar beschäftigte sie ihn mehr als alles andere.
»Ja, schon«, kommentierte der Kurzgewachsene emotionslos. »Aber das passiert eben, wenn man unfähige und schwer überteuerte Marketing-Berater anheuert.«
»Ragnar, Ihr seid also endlich erschienen, um Moira die Dämonenkönigin zu befreien und mit ihrer Hilfe Aros zu verbannen. Wir hätten aber nicht erwartet, dass Ihr in einem neuen und vor allem so jungen Körper hier auftaucht«, erklärte

die Frauenstimme kühl. »Wir warten schon so lange auf diesen Moment, also lasst uns keine Zeit verlieren. Tränkt die Schattenrune erneut mit Eurem Blut und legt sie dann auf den Esstisch… Ich meine: Ritualplatz. Sprecht die Beschwörungsformel oder überlasst es mir. Das macht keinen Unterschied. Die Befreiung wird auf jeden Fall funktionieren! Dafür garantiere ich.«

Reginald verstand kein Wort von dem was die beiden hier von sich gaben.

»Hören Sie. Das hier ist ein Missverständnis. Ich kenne keinen Ragnar und ich bin eigentlich nur auf der Suche nach dem Ausgang. Es darf auch gerne ein Dimensionstor sein. Wenn Sie so etwas parat hätten, wäre ich sehr dankbar.« Die hochgewachsene Gestalt kam näher und Filibo knurrte, während er sich noch weiter anspannte. Mit zwei Metern Abstand blieb sie stehen, streckte ihren Kopf leicht nach vorne und streifte sich die Kapuze vom Kopf.

Ein hageres Gesicht kam zum Vorschein. Reginald konnte keine Details erkennen. Plötzlich streckte sie eine Hand nach oben und intonierte einen Zauberspruch:

»Lux claritas!«

Ein heller Funke entstand über ihren Köpfen, stieg auf etwa zwanzig Meter Höhe auf und tauchte die gesamte Kammer in ein helles Licht.

»Ach ja, so ging der Zauberspruch. Eigentlich ganz einfach«, dachte sich Reginald und verfluchte erneut seine Vergesslichkeit. Erst jetzt erkannte Reginald, wie riesig dieses Höhlengewölbe eigentlich war. Und auch das Gesicht der Elfe war nun klar zu erkennen. Seidig weiche Haut und feine, sanfte Gesichtszüge offenbarten sich ihm, wenn auch mit einem strengen, musternden Blick. Nur eine eigenartige Zeichnung auf ihrer Stirn trübte die elfenhafte Makellosigkeit – ein verkehrtes *A*.

Reginalds erste Intuition in Bezug auf die Rassenzuteilung war nicht ganz richtig. Es war keine Hochelfe aus dem Norden, sondern eine Dunkelelfe. Ebenso wie Hochelfen waren Dunkelelfen wunderschön anzusehen, groß und schlank. Es gab nur zwei Unterschiede. Dunkelelfen hatten immer schwarzes Haar

und ihre Augenfarbe war ebenfalls dunkelbraun bis schwarz. Obwohl das gemeine Volk immer davon ausging, dass Hochelfen immer gut und Dunkelelfen immer böse sein müssten, wusste Reginald aufgrund seiner magischen Bildung, dass dem nicht so war. Selbst in der Akademie des magischen Wirkens gab es Dozenten, die der Rasse der Dunkelelfen angehörten.
Die Stimme von seiner linken Schulter, die sich bereits wieder von den Fesseln gelöst hatte, flüsterte ihm zu, sehr vorsichtig zu sein. Während ihm die Stimme von seiner rechten Schulter riet, sich die Schattenrune zu schnappen und einen magischen Kampf zu entfesseln.
Nun trat auch der kurzgewachsene Mensch an ihn heran. Filibo gefiel diese Annäherung gar nicht. Er knurrte nun noch intensiver.
»Mir scheint, als hätten wir hier einen Hochstapler und eine übermütige Katze«, sagte der Gnom. »Wie bist du hier reingekommen? Nur einer wäre in der Lage gewesen, den Zauber der Schattenrune zu aktivieren und auch nur er ist in der Lage, Moira zu befreien. Und das bist offenbar nicht du… blutiger Anfänger.«
Etwas empört über den blutigen Anfänger konterte Reginald entsprechend.
»Hören Sie, ich weiß nicht, wer Sie sind und aus welchem stinkenden Kaninchenbau Sie gekrochen sind. Aber was ich weiß ist, dass ich kein Freund von derart feuchten, finsteren Höhlen bin und mein Freund hier ist auch schon ganz unruhig. Wenn Sie uns also den Ausgang zeigen, sind wir auch gleich wieder weg.«
Reginald erinnerte sich an die Tafel und die Hinweise bezüglich der Sicherheit. Dann fügte er noch schnell hinzu: »Einen sicheren Ausgang natürlich. Oder haben Sie Vanillepudding dabei?«
»Sehe ich so aus, als würde ich dir meinen Nachtisch überlassen?«, entgegnete der gnomenhafte Mann harsch.
Ohne auf das Gespräch einzugehen, konzentrierte sich die Dunkelelfe ganz auf Reginald. »Ich sehe, nein, ich spüre es«, sprach sie schicksalsschwanger. »Sein Blut. Es fließt in ihm.«
Und wieder musste Reginald an die Romane aus der Akademie denken. Immer wenn die Bösen auftauchten, hielten sie sich bedeckt und gaben nur rätselhafte Einzeiler von sich. Bis sie

schlussendlich ihren geheimen Plan offenbarten. Meist kurz bevor sie versuchten, den Helden zu töten. Aber Reginald machte sich diesbezüglich keine Sorgen. Er fühlte sich nicht als Held, somit sollte ihm hier nichts geschehen.
»Ich sage, wir töten ihn«, schlug der Gnom teuflisch lächelnd vor. »Wir haben schon lange niemanden mehr getötet. Ich fühle mich deswegen schon ganz schlecht. Dieses eigenartige Buch, dass du mir geschenkt hast ‚Tötungsfasten für Mörder und Banditen' hilft mir da auch nicht. In dem Buch steht, man solle niemanden grundlos töten. Dies wäre angeblich der erste Schritt zu einem besseren Leben. Aber ich habe ja einen Grund. Der Junge wollte mir meinen Vanillepudding klauen!« Der Gnom redete sich weiter in Rage. »Sowas lasse ich nicht zu. Was mein ist, ist mein und bleibt mein! Ich werde ihn aus dem Weg räumen. Und seine komische Miezekatze dazu.«
»Typisch Einzelkind.« Den Kommentar zu den offensichtlichen Familienverhältnissen des gnomenhaften Mannes konnte sich Reginald nicht verkneifen und damit ging er drei Schritte zurück. Dabei fasste er auch Filibos Fell und zog ihn etwas mit sich. Der wütende Blick des Gnoms machte ihm Angst. Und er hatte das Gefühl, dass der Mann in seiner aufkochenden Wut um ein paar Zentimeter gewachsen wäre.
Die Dunkelelfe wandte ihren Blick nun zu dem kleingewachsenen Wutgnom und versuchte ihn zu beruhigen.
»Warte noch mit deinen Plänen, Wigand. Wenn ihn die Schattenrune hierher gebracht hat, dann wird sein Blut auch die Fähigkeit haben, Moira zu befreien. Wir müssen nicht auf Ragnar warten.«
»Gut, dann werde ich das Blut gleich aus ihm herauspressen, wie aus einer überreifen Zitrone.«
Bei dem Gedanken wurde Reginald unwohl. Egal ob für einen sommerlichen Erfrischungstrunk oder für ein blutiges Ritual, ausgepresst wollte er jedenfalls nicht werden. Plötzlich schnellte die rechte Hand der Dunkelelfe in die Höhe und das Symbol auf ihrer Stirn begann zu glühen. Sogleich konnte sich Reginald nicht mehr bewegen und stieg in luftige Höhen auf.
»Was…?«, brachte er noch aus sich heraus. Aber auch seine Zunge

wurde durch die magische Kraft festgehalten, er war komplett paralysiert.
Filibo, der sofort erkannte, dass die Dunkelelfe der Quell der magischen Bindung war, zog seine Krallen blank und ging in den Angriff über. Mit einem kräftigen Stoß seiner Hinterbeine sprang er auf die dunkle Zauberin zu. Doch in dem Moment warf sich der kurzgewachsene Mann zwischen die beiden und Filibos Zähne drangen in den linken Unterarm des Gnoms. Die beiden gingen zu Boden und wälzten sich im Kampf hin und her. Reginald konnte das Geschehen nur aus der Ferne beobachten. Es sah gut aus für Filibo. Der Gnom schrie und versuchte, den Geparden von sich runterzubekommen.
Doch da durchzog ein Schmerz Reginalds Körper und seine Aufmerksamkeit richtete sich darauf. Die Schattenrune, welche die dunkle Zauberin nun mit der anderen Hand telekinetisch durch die Luft bewegte, schnitt ihn erneut, um an sein Blut zu kommen. Diesmal war es ein leichter, aber schmerzhafter Schnitt am Unterarm. Und schon tropfte der rote Lebenssaft zu Boden. Konzentriert und mit strenger Miene navigierte die Dunkelelfe die Schattenrune durch die Luft und fing einen Blutstropfen auf.
»Es kann losgehen. Halte mir die Katze vom Leib, Wigand«, befahl sie und schleuderte Reginald mit einer schnellen Handbewegung zur Seite. Die Wucht des Aufpralls auf den kalten Höhlenboden ließ den jungen Zauberer kurz ohnmächtig werden.
»Nichts lieber als das, Lucia«, rief der Gnom schmerzverzerrt, der noch immer von Filibo in Schach gehalten wurde. Doch das sollte sich nun ändern. Innerhalb weniger Sekunden färbte sich die Haut des vermeintlich unterlegenen Gnoms rot und seine Gliedmaßen sowie sein gesamter Körper wuchsen auf das Vierfache an. Auch seine Kraft war angewachsen, also packte er Filibo an der Kehle, riss ihn von seinem Arm los und schüttelte ihn wie eine Puppe. Dabei stand er auf und lachte schurkenhaft.
Reginald kam wieder zu sich, konnte sich aber noch immer nicht richtig bewegen. Er erkannte nur, dass Filibo nun ebenfalls regungslos am mutierten Arm des roten Riesen hing. Der ehemalige Gnom war nun sogar deutlich größer als die Dunkelelfe.

Die Schattenrune, die jetzt genau zwischen der dunklen Zauberin und dem Felsen hing, leuchtete noch intensiver als zuvor und tauchte den gesamten Raum in ein unheilvoll rotes Ambiente. Der Mutant warf den reglosen Körper Filibos zu Reginald rüber.
»Und ich dachte, wir brauchen Ragnar für das Ritual.«
Die Worte des roten Riesengnoms blieben unkommentiert, da die Zauberin nun eine Folge von Sprüchen in einer eigenartigen Sprache intonierte und sich auf die Beschwörung konzentrierte. Dabei entstand ein magisches Band zwischen ihr, der Rune und dem Felsen, der nun langsam begann, sich aufzulösen.
Die Oberfläche wurde porös, kleinere Felsbrocken lösten sich und rollten herunter. Doch bevor sie auf den Höhlenboden aufschlugen, waren sie durch magische Kräfte vollständig pulverisiert worden. Grässliche Schreie waren nun, ausgehend von dem Felsen, zu hören.

Reginald war nach ein paar Minuten wieder Herr seiner Sinne und konnte sich bewegen. Er rutschte langsam zu Filibo hinüber und hoffte dabei, keine Aufmerksamkeit zu erregen. Viel mehr schien ihm ohnehin nicht möglich, da sein gesamter Körper schmerzte. Er war sich nur nicht sicher, ob es am harten Aufprall oder der magischen Paralyse lag, der er ausgesetzt war.
»Fili, wach auf. Kannst du dich bewegen?« Der Gepard rührte sich nicht. Reginald sah sich um. Die Beschwörung war voll im Gange und die beiden Unholde waren abgelenkt. Auf der anderen Seite lag sein Spitzhut, den er mal wieder verloren hatte. Zu seiner Verwunderung lagen einige Einkäufe, wie die Gewürze und der Pfeffer, rund um den Hut verstreut. Und auch das Paket mit der interdimensionalen Brücke, die er bei Willibald erstanden hatte, war herausgefallen.
»Das dürfte eigentlich nicht passieren«, dachte er sich.
»Vermutlich kam es durch die magische Kraft der Zauberin zu einer Art Fehlfunktion des unendlichen Hutes.«
Er sammelte die Einkäufe und das Paket zusammen, steckte Pfeffer und Gewürze vorübergehend in seine Umhangtasche und zog auch das Instant-Zauber Paket zu sich her.
Plötzlich schleckte eine nasse, raue Zunge über sein Gesicht. Filibo war wach geworden und freute sich, seinen Gefährten wohlauf

wiederzusehen.
»Aros sei Dank! Dir geht es gut«, sagte Reginald mit feuchten Augen und fiel dem Geparden um den Hals. Der Vierbeiner freute sich ebenfalls, doch die heftige Umarmung ließ ihn unweigerlich aufstöhnen.
»Wir müssen sie aufhalten, Fili. Ich weiß zwar nicht, wer oder was diese Moria ist und was zwischen ihr und Aros so läuft, aber ich vermute mal, es wäre besser, wenn sie in ihrem gemütlichen Gefängnis bliebe.« Filibo nickte zustimmend.
»Pass auf. Ich habe eine Idee. Es wird dir vielleicht nicht gefallen, aber mir fällt nichts Besseres ein.«

»Ja, gleich kommt sie zum Vorschein! Moira, die dunkle Dämonenkönigin! Nur noch ein bisschen! Der Sturz Aros ist zum Greifen nahe. Und die Menschen werden uns fortan als ihre Herrscher anbeten!«, motivierte Wigand seine zaubernde Komplizin.
Als sich der komplette Felsen aufgelöst hatte, offenbarte sich ein Gefängnis aus Knochen. »Zeige dich, Herrin der Schatten!«, rief Lucia voller Inbrunst und verstärkte die magische Energie, die ihre Hände verließ.
In dem Knochengefängnis materialisierte sich eine dämonische, weibliche Gestalt, die an Hals, Händen und Füßen mit schweren Ketten gefesselt war und inmitten des Käfigs hing. Sie schien zu schlafen, zumindest war ihr Kopf leicht gesenkt und ihre Augen geschlossen. Ihr Körperbau war grundsätzlich menschlich, wie eine wunderschöne Frau, aber mit harten Gesichtszügen. Doch aufgrund der purpurnen Haut, zwei mächtigen Hörnern auf ihrem Kopf, riesige dunkle Schwingen aus lederner Haut wie ein Drache und einem teuflischen Schweif mit einem Stachel und Widerhaken am Ende, der wie wild um sich peitschte, zeichnete sich diese Kreatur eindeutig nicht als Mensch, sondern als oberste Dämonin aus. Auch wenn der teuflische Anblick Reginald ein wenig an seine Tante Klara erinnerte, wenn sie ihn mal wieder ermahnte endlich sein Zimmer aufzuräumen.
»Sie ist so viel schöner als ich es mir je träumen hätte lassen. Ich glaube, ich...«
»Sei still«, fiel Lucia Wigand ins Wort. »Hilf mir lieber. Jetzt

kommt der kritische Punkt, an dem wir das Dimensionstor zwischen uns und ihrem Gefängnis beschwören müssen, um sie zu befreien. Kümmere du dich um das Portal und ich löse ihre Fesseln, wie geplant. Vielleicht gelingt es mir, sie zu erwecken.«
Der rote Riese nickte. »Wird gemacht. Aber das kann ich nicht in dieser Gestalt tun.«
Wigand konzentrierte sich. Er hielt beide Hände vor seinen Körper, mit den Handflächen nach oben. Durch die Rage und das Adrenalin zitterten sie wie wild. Doch langsam beruhigte er sich und seine Hände kamen zur Ruhe.
Sein Körper schrumpfte wieder, bis seine Gliedmaßen wie auch seine Körpergröße wieder den unterdurchschnittlichen Normalzustand erreicht hatten. Bevor er seiner Komplizin magisch zur Hand ging, warf er einen kontrollierenden Blick zu Reginald und Filibo. Beide lagen regungslos an Ort und Stelle. Nur kurz dachte sich Wigand, dass der junge Mensch vor einigen Minuten noch etwas weiter von dem Gepard entfernt gelegen hatte. Doch er kümmerte sich nicht weiter darum und bereitete sich auf sein magisches Wirken vor. Er begab sich zwischen Lucia und das Knochengefängnis und blieb direkt unter der Schattenrune stehen, mit dem Blick auf die Dämonin gerichtet.
»Hier sollte es perfekt sein«, sagte Wigand und wartete auf ein Signal von der dunklen Zauberin. Diese konzentrierte sich aber noch immer auf ihre Magie und das Lösen der Fesseln der Dämonin. Es gelang ihr. Langsam löste sich Fessel für Fessel. Erst die beiden Fesseln der Beine, dann die der Arme und plötzlich erwachte Moira aus ihrem Dämmerschlaf. Sie riss ihren Körper nach hinten und streckte ihre Wirbelsäule unnatürlich durch. Dabei stieß ein dämonischer und abgrundtiefer Schrei aus ihrer Kehle, der die Wände der Höhle zum Beben brachte. Ringsum rieselte Staub von den Wänden und der Decke. Neben Reginald schlug ein kleinerer Felsbrocken ein, der sich gelöst hatte.
»Tu es!«, rief Lucia ihrem Helfer zu. Wigand ließ sich nicht lange bitten und intonierte einen Zauberspruch. Er riss die Hände in die Höhe und exakt dort, wo seine Fingerspitzen hinzeigten, bei der Schattenrune, entstand ein Dimensionstor.
Genau wissend, was um sie geschah, griff sich die Dämonin an den

Hals. Sie fühlte das kalte Metall der letzten Fessel, die sich noch immer nicht gelöst hatte. Doch nun, da sie beide Hände frei hatte, war diese eine mickrige Halteklammer kein Hindernis mehr. Ihre Muskeln spannten sich an und mit dämonischer Kraft zog sie an dem magisch verstärkten Metall, bis es in tausend Stücke zerbarst.
Jetzt stand die unheimliche Kreatur ungebunden in ihrem Gefängnis und wartete mit dampfendem Körper und glühenden Augen auf ihre Befreiung. Nein, die Augen glühten nicht im übertragenen Sinne, sie glühten im wahrsten Sinne des Wortes.[3]

Das Dimensionstor in Wigands Gewalt wurde immer größer. Es hatte bereits einen beachtlichen Durchmesser von drei Metern. Nun formte sich ein dünner Tunnel aus, der sich vom Dimensionstor zum Knochengefängnis ausbreitete und bis in sein Inneres vordrang. Sogleich entstand ein weiteres Portal am Ende des Tunnels, gleich neben Moira. Sie musste nur noch abwarten bis es groß genug war, um hindurchzuschlüpfen und damit ihrem ewigen Kerker zu entfliehen.
Es dauerte nicht lange, bis das Portal eine ausreichende Größe erreicht hatte und als es so weit war, schritt die Dämonenkönigin hindurch. Als ihre peitschende, widerhakenbestückte Schwanzspitze in dem Portal verschwand, rief Reginald:
»Fili, jetzt!« Was jetzt geschah, schien in Zeitlupe abzulaufen.
Der Gepard hatte sich unbemerkt hinter Lucia begeben und sprang ihr mit Anlauf genau in den Rücken. Er bewegte sich dabei so geschickt, dass er auf dem Rücken der Dunkelelfe eine Drehung machte und sich wieder abstieß. Durch die Wucht des Stoßes flog Lucia nach vorne und hatte Mühe, sich auf den Beinen zu halten. Ihr Zauber riss ab und sie stolperte äußerst unelegant in Wigands Rücken, wo sie sich versuchte festzuhalten. Doch da der Gnom

---

[3] Auszug aus dem Buch »Wiki-Dämonia«, Band 3, aus der Bibliothek magischer Künste:
Moira, in Feuer geboren, war nicht nur von makellos dämonischer Schönheit, sondern sie hatte auch den heißesten Körper und die heißesten Augen aller existierenden Entitäten. In gesteigerter Gefühlslage, aber insbesondere in Rage, erreicht ihr Körper 1030 und ihre Augen bis zu 2401 Grad Celsius.

nun wieder klein und schmächtig war, war er keine besonders brauchbare Stütze. Durch den Sturz Lucias kam nun auch Wigand zu Fall.
Doch Reginalds Plan war damit noch nicht abgeschlossen. Was schon mal funktioniert hatte, könnte wieder funktionieren. Der junge Zauberer schleuderte den schwarzen Teller der interdimensionalen Brücke in Richtung der beiden Schurken, die nun den harten Boden der Tatsaschen erreicht hatten und den aufwirbelnden Staub schluckten.
Durch den abgebrochenen Zauber Lucias manifestierte sich das Felsgefängnis langsam wieder über den Knochenstäben. Das erst zu Staub zerfallene Material stieg wieder hoch, festigte sich erneut zu kaltem Gestein und Erz und verdeckte nach und nach das Knochengefängnis.
Wigand war es gelungen, trotz des Sturzes seinen Fokus aufrecht zu erhalten. Das Dimensionstor war noch aktiv und Moira war bereits hineingetreten. Die Befreiung schien nicht mehr aufhaltbar.
Reginald schrie die Zauberformel, um seinen Instant-Zauber zu aktivieren:
»Subter eperto!« Und schon aktivierte sich die schwarze Scheibe und wuchs im Flug auf ein Vielfaches an, während sie exakt auf Wigand und Lucia zuflog. Reginald konnte sich ein siegreiches Grinsen nicht verkneifen. Doch dafür war es noch zu früh. Lucia erkannte die nahende Gefahr und es gelang ihr, den linken Arm nach oben zu strecken und einen magischen Telekinese-Stoß abzugeben, der die interdimensionale Brücke streifte und ihre Flugbahn veränderte. Reginald beobachtete das Unglück und sein Grinsen wandelte sich in ein besorgt verzerrtes Gesicht.
Das Knochengefängnis war kaum noch zu sehen, doch der Tunnel zwischen dem inneren und dem äußeren Portal war nach wie vor aktiv. Die abgelenkte Brücke flog genau auf das äußere Portal zu. Vor Reginalds geistigem Auge lief die Schrift der Produktwarnung vorbei:

»Nicht mit anderen Dimensionszaubern oder anderen magischen Raum-Zeit-Krümmern kombinieren. Kann zu fatalen Missständen in unterschiedlichsten Dimensionen und Epochen führen. Jedenfalls: In Deckung gehen.«

»In Deckung, Fili!«, rief er seinem Gefährten zu, wandte sich ab und versuchte, Abstand zwischen sich und dem Dimensionstor zu gewinnen. Auch Filibo tat ihm gleich und entfernte sich mit der Eleganz und Geschwindigkeit, wie sie nur eine Raubkatze hatte, von dem drohenden Unheil.
Als der fliegende und bereits aktivierte Instant-Zauber das Portal erreichte, wurde dieser kurzerhand verschluckt. Erst geschah nichts und auch der Gnom und die Dunkelelfe wogen sich bereits in Sicherheit. Doch mit einem Mal implodierte das magische Tor. Ein gewaltiger Sog entstand und Lucia, Wigand, Reginald und Filibo hatten Mühe, sich am glatten Höhlenboden festzuhalten und nicht eingesaugt zu werden. Der Ritual- und Esstisch, die Hühnerknochen, jede Menge Staub und auch die Schattenrune wurden ohne Gegenwehr hineingezogen. Der Sog hielt nur einige wenige Momente und nach einer Sekunde völliger Geräuschlosigkeit und dem kurzen Moment der gefühlten Schwerelosigkeit, kam es zu einer mächtigen Explosion, die das Raum-Zeit-Gefüge erschütterte und auch in anderen Dimensionen spürbar war.

Kapitel 17
Cogito ergo sum

Die Koppelung der interdimensionalen Brücke mit dem Portal, das Moira befreien sollte, führte zu einigen Unregelmäßigkeiten und Missständen in den unterschiedlichsten Dimensionen und Epochen. Dinge, die vom Universum so nicht vorgesehen waren und deshalb nur als interdimensionale Fehler, oder etwas bildlicher gesprochen *Übernatürliche Griffe ins Klo* bezeichnet werden können. Hier einige ausgewählte Beispiele:

Zeitrechnung: 8412 B.A.[4] - Dimension 162, Stadt Kamquark
Der Leiter der Bibliothek magischer Künste in Kamquark erwachte in seinem Bett und begann den Tag wie üblich: Er stand auf, ging ins Bad und wusch sich das Gesicht. Doch etwas war anders als sonst. Sein Spiegelbild sah verwaschen und durchsichtig aus. Es löste sich langsam auf. Zum Glück hatte er noch einen Vampirschnelltest bei der Hand. Er öffnete das Päckchen und fand eine Knoblauchzehe darin, welche er anritzte und sogleich auf seine Haut drückte. Nichts passierte, der Test war negativ. Er genehmigte sich ein schnelles Frühstück zur Stärkung, zog sich seine Arbeitskleidung an und machte sich auf den Weg in die Bibliothek. Auf der Straße sahen ihn die Passanten

---

[4] Auszug aus dem Buch »Die Geschichte Kamquarks«, Band 5, aus dem kamquarianischen Hauptmagistrat:
Das Zeitrechnungskürzel B.A., welches in Kamquark die gängigste Zeitrechnung ist, bedeutet ausgeschrieben »Bevor Apokalypse« und ist somit rückläufig. Unbestätigten Quellen zu Folge steuern wir unaufhaltsam einer ganzheitlichen Auslöschung entgegen. Als stichhaltigsten Hinweis für diese Annahme, gilt ein antiker steinerner Kalender, der in den Abwassersystemen unter der Stadt gefunden wurde. Der darauf vermerkte Jahreszyklus endet, wenn wir das Jahr 0 erreichen. Anfangs wurde die Echtheit des Kalenders infrage gestellt. Jedoch konnten die Magistri der magischen Universität nach detaillierten Untersuchungen eine bis dato unsichtbare Gravur zum Vorschein bringen, die da lautete: »Ich bin echt!« Und besonders die Signatur des historischen Autors, welche ebenfalls sichtbar wurde, überzeugte die Forscher von der intellektuellen Qualität des Fundstückes: »Leroy war hier – ich trinke noch mehr Bier! Prost!«

mit seltsamen Blicken an. Erst als er bei einem gut polierten Schaufenster vorbeikam, erkannte er, dass er nun völlig unsichtbar war. Nur seine Kleidung hing gespenstisch in der Luft.

Zeitrechnung: 2016 A.D. – Dimension 412, Planet Erde
Ein Mann mit orangenfarbener Haut, blonder Föhnwelle und schlechten Manieren schlug eine etwas reifere Frau bei der Wahl zum Staatsoberhaupt eines großen Staatenbundes, der von mehr als 325 Millionen Menschen bewohnt wurde. Ein Ereignis, das niemand je für möglich gehalten hätte. Zumal ein Großteil der Wähler einen anderen Namen auf die Wahlkarten geschrieben hatten. Nämlich Mikele Obrama. Jedoch wurden als Auszählungshelfer hauptsächlich legasthenische Borstenschweine angeheuert, die die Zuweisung der Stimmen nicht so genau nahmen. Genauer betrachtet, stellt sich die Frage, ob dieses Ereignis tatsächlich der Portalkollision geschuldet ist oder ob hier nicht wieder einfach nur ordentlich in den Wahllokalen betrogen wurde.

Zeitrechnung: 8412 B.A. - Dimension 162, Stadt Kamquark
Der Zirkus war in der Stadt und die Hauptattraktion war ein Schimpanse, der sich zwölf Bananen gleichzeitig in seinen Mund stopfen konnte. Während der Vorstellung hatte er plötzlich keine Lust mehr, richtete sich auf, winkte zum Gruße und verließ die Manege. Anstatt zurück in den Affenstall, ging er in die Garderobe der Schausteller, bekleidete sich mit einem Nadelstreifenanzug, einer Melone und einem Monokel. Als ihn der Zirkusdirektor dort auffand, um ihn mit den Worten: »Charlie, was ist los mit dir? Und was hast du da an?«, aufzuhalten versuchte, entgegnete der Affe nur: »Cogito ergo sum. Ich denke, also summe ich.« Mit diesen Worten machte er sich auf, eine Bienenkönigin zu ehelichen. Man munkelte, dass es ihm sogar gelang.

Zeitrechnung: 2006 A.D. – Dimension 412, Planet Erde
Der bekannte und beliebte Regisseur Stefan Spielzwerg saß in seinem Büro und las das Skript, das er von seinem Freund Ovid Plöpp erhalten hatte. Die Geschichte handelte von einem Alienkopf aus Glas und einem Mann mit Peitsche und Hut, der die

Stadt Venedig ganz toll findet. Eigentlich wollte er sich nicht auf eine Fortsetzung seiner beliebten Filmreihe einlassen und auch das Skript gefiel ihm überhaupt nicht. Dennoch griff er zum Telefon, um seinem Freund zu der tollen Story zu gratulieren und sein Angebot anzunehmen. Seine Fans sollten keine Freude damit haben.

Zeitrechnung: XCZLOLG33K – Dimension 1722, Im Orbit des Planeten Cashdar

Ein Plopp-Geräusch durchfuhr das Raumschiff und brachte die Metallwände der kelmarianischen Forschungsstation zum Vibrieren.

»Hast du das gehört?«, sagte der sechsarmige kelmarianische Raumschiffpilot zu seinem Co-Piloten.

»Ja, sorry. Tut mir echt leid, ich habe heute eine rebellische Verdauung. Meine Frau meint immer, Rohkost wäre so toll, aber ich sitze danach den ganzen Tag wie auf einem Luftkissen.«

»Na, vielen Dank auch für diese wertvolle Information«, entgegnete der Pilot sarkastisch. »Aber das meinte ich nicht. Da war doch gerade so ein komisches Geräusch von Steuerbord.«

Etwas beschämt starrte der Co-Pilot mit seinen vier Augen aus dem Cockpit.

»Sieh nur!«, rief der Pilot plötzlich und deutete nach draußen. Vor ihnen flog ein Ochse vorbei, der ein für ihn passendes Sauerstoffgerät trug und sich mit seinem eigenen Abgasantrieb durch den Weltraum manövrierte. Auf dem Helm des Tieres stand: Fehltnix Raumfartner.

»Der hat wohl dasselbe gegessen wie du«, sagte der Pilot und grinste, während sein Co-Pilot rot anlief.

Kapitel 18
Wir haben einen Gewinner

»Rechte Hand auf Rotes-Aros-Gesicht, Nummer Vier«, las Eli vor und wies Mock damit an, sich anders zu positionieren. Der junge Zauberschüler folgte den Anweisungen und beugte sich über das spitze, knochige Knie Mortimers.
Beide hatten das Finale des Spiels Aros-Tornado erreicht. Und so verrenkten sie sich schon seit einigen Minuten ihre Körper auf der farbig markierten Turnmatte.
»Wer hatte eigentlich die dumme Idee mit diesem Spiel, direkt nach der Familienpizza«, stöhnte Mock und rülpste dabei.
»Eli natürlich«, antwortete Salem aus der anderen Ecke des Raums.
»Kannst du mal dein Knie etwas zur Seite strecken«, nörgelte Mock und versuchte mit aller Kraft, auf das rote Aros-Porträt zu gelangen.
»Du kannst dich ruhig etwas mehr anstrengen, kleines Menschlein«, gab der knöcherne Geselle unbeeindruckt zurück. »Außerdem habe ich Zeit genug. Ich bin ja schon tot.« Mortimer wurde nicht müde, seinen nicht vorhandenen Vitalzustand kundzutun. Mock streckte sich und fast hatte er sein Ziel erreicht, doch plötzlich verlor er die Balance und sein Hinterteil kippte Mortimer entgegen.
Der fleischlose Körper des Skeletts hatte keine Chance, das Gewicht des kippenden Körpers aufzufangen und so wurde er darunter begraben.
Während sich Eli sein Lachen verkneifen musste, lag Salem auf der Schatztruhe und putzte seine riesige Katzenpfote.
»Wir haben einen Gewinner!«, rief Eli freudig und half Mock hoch. Mortimer war ganz zerstreut, im wahrsten Sinne des Wortes. Die Wucht des Aufpralls hatte der Integrität seines magisch zusammengehalten Körpers nicht sonderlich gutgetan. Nun grinste er auch nicht mehr, was in erster Linie daran lag, dass sein Unterkiefer vom Rest seines Schädels abgetrennt war.

»Hoppla«, entschuldigte sich Mock und rollte sich von den Gebeinen des untoten Toten. »Kann ich dir irgendwie helfen?« Er streckte dem Skelett seine helfende Hand entgegen.
Doch der linke, noch an Mortimer fixierte Arm hob sich und wies den Zauberschüler mit einer eindeutigen Geste ab. Eli wunderte sich, wie intensiv diese spezielle Ein-Finger-Geste mit einer knöchernen Hand doch wirkte. Er war beeindruckt.
Als er noch darüber nachdachte, ob er sich einen magischen Handschuh organisieren sollte, der ihm ebenfalls eine Knochenhandillusion verlieh, setzten sich die Gebeine seines knöchernen Gastes langsam wieder zusammen. Nach nur wenigen Sekunden war Mortimer wieder komplett. Doch als er versuchte, sich zu erheben, bemerkte er den Irrtum, dem er erlegen war. Sein rechter Arm war nun sein linkes Bein und umgekehrt. Auch sein Kiefer saß noch nicht richtig. Er ließ den Kopf enttäuscht hängen, stand soweit auf, wie es nur ging, griff sich mit der Linken an den Mund und renkte sein Kiefer mit einem lauten Knacken ein, sodass er wieder sprechen konnte.
»Eli, wärst du mal so nett.« Der Zauberer nickte nur, stieß seine Hand in Richtung Mortimer und intonierte »Repulso!«
Ein telekinetischer Stoß fuhr aus seinem Arm und katapultierte den Knochenmann quer durchs Zimmer an die nächste Wand, wo er in seine 214 Einzelteile auseinanderbrach und sich am Boden verteilte.
»Was zum…?«, war das einzige, was aus Mocks Mund kam, während er das Spektakel der nun wild am Boden umhertanzenden Knochenteile ungläubig beobachtete.
»Mach dir keine Gedanken«, beruhigte ihn Eli. »Nekromantisch erweckte Skelette bauen sich immer wieder von selbst zusammen. Aber wenn der Herr und Meister, ein sogenannter Nekromant, des Skeletts außer Reichweite ist, kommt es oft zu Störungen der Wiederherstellungsmagie und dann passiert es schon mal, dass Knochengruppen oder einzelne Teile vertauscht werden. Am besten ist in so einem Fall dann eine Art Rücksetzung, ein Neustart. Das wird jetzt aber etwas dauern, fürchte ich.«
Mock nickte verstehend und richtete noch einmal eine ehrliche Entschuldigung an den Knochenhaufen, in der Hoffnung, dass er

ihn hörte.
»Ich könnte jetzt auch etwas Zerstreuung brauchen«, ergänzte Eli und schlug Salem und Mock ein weiteres Spiel vor.
»Das bringt mich auf eine Idee! Wollen wir ein Puzzle machen und sehen, ob wir schneller damit fertig sind als Morty mit seinem eigenen Körper?«
Doch bevor jemand antworten konnte, meldete sich die schwarze Scheibe, die noch immer in der Nähe der Eingangstüre auf dem Boden lag. Sie vibrierte und ein heller Lichtblitz fuhr aus ihr heraus. Für einen Moment schien sie sich aktivieren zu wollen, doch im nächsten Augenblick beruhigte sie sich wieder.
»Vielleicht sollten wir uns mal um unsere Freunde kümmern«, schlug Mock mit schlechtem Gewissen vor. Kurze Stille erfüllte den Raum und nur Mortimers Puzzleaktivitäten waren als kratzende Geräusche auf dem Boden zu hören.
»Du hast Recht«, stimmte ihm Eli zu. »Ich setze schon mal frischen Tee auf, für ihre Rückkehr. Ich glaube, ich mache ihn mit Salbei und Baldrian. Und vielleicht werfe ich auch noch einen kleinen Beruhigungszauberwürfel hinein. Das wird köstlich!« Als Eli den Raum mit beschwingten Schritten verließ, starrte ihm Mock hinterher.
»Er weiß schon, was er tut, Junge«, sagte Salem, der sich wieder zu einer sitzenden Position aufgerichtet hatte.
»Aber woher weiß er das? Ich meine, er ist einer der begabtesten Zauberer, die ich je gesehen habe. Aber bisher haben wir noch gar nichts versucht, um Reggy und Fili zu helfen.«
»Eli hat aktive und passive Fähigkeiten, die du kleiner Mensch nur erahnen kannst.«
»Was soll das heißen? Hat er etwa einen besonderen Teekochkurs gemacht?« Der spöttische Unterton in Mocks Stimme war nicht zu überhören.
»Nein, du kleiner engstirniger Tropf. Ihr Menschen seht immer nur die Oberfläche. Ihr nehmt euch nicht die Zeit, Dinge zu analysieren oder zu hinterfragen. Das ist auch der Grund, warum nur so wenige von euch außergewöhnlich sind.«
»Sagst du mir jetzt, was seine besonderen Fähigkeiten sind, oder möchtest du mich noch weiter beleidigen?«

»Wenn du mich so fragst, würde ich dich tatsächlich gerne noch weiter beleidigen, aber das ist unter meiner Würde. Nun gut«, der Kater machte eine Pause, um die Spannung zu erhöhen. Dabei sprang er von der Truhe und trippelte gelassen rüber zur Couch. »Ich verrate es dir. Man munkelt, er sei von Fortuna geküsst worden. Aber so genau weiß das niemand.«

»Bedeutet das...?«

»Ja. Eli hat mehr Glück als die meisten Wesen in Kamquark und den umliegenden Ländereien. Viel mehr Glück. Und wenn ihm seine Intuition sagt, er solle jetzt einen beruhigenden Tee kochen, dann hat das seinen Grund.«

Kapitel 19
Das ist Suki

Es war dunkel. Zu dunkel für Reginalds Geschmack. Die Schattenrune war verschwunden und auch der Lichtzauber der dunklen Zauberin war nicht mehr aktiv. Entweder durch die Implosion verschluckt oder durch die darauffolgende Explosion ausgelöscht. Reginald hustete. Der Staub in der Luft und damit in seinen Lungen war unerträglich und es roch zusätzlich etwas nach Rauch. Hatte es die brennende Dämonin aus dem Gefängnis herausgeschafft? Er musste Licht machen.

»Wie ging der Zauberspruch nochmal?« Er hatte ihn schon wieder vergessen.

Reginald erschrak fast zu Tode, als ihn plötzlich eine feuchte Nase anstieß.

Filibo, der mit seinen Raubkatzenaugen in der Dunkelheit deutlich besser sah als ein Mensch, hatte sich zu ihm herangeschlichen.

»Fili! Aros sei Dank.«

Der junge Zauberer richtete sich abermals seinen Hut und wollte aufstehen. Doch plötzlich hörte er, ein paar Meter entfernt, ein leises Wimmern. Er konnte nichts sehen, aber vor seinem geistigen Auge sah er Lucia vor sich, wie sie sich wegen des missglückten Rituals ausheulte. Eigentlich wollte Reginald die beiden Unholde ja mit Hilfe der interdimensionalen Brücke verschwinden lassen, so wie er es mit den Räubern in der Gasse getan hatte. Aber das Überraschungsmoment war nicht groß genug. Trotzdem, so schien es, konnte er das Ritual unterbrechen. Sowohl die Rune war vom Portal eingesogen als auch der Austritt der Dämonenkönigin verhindert worden.

Das Wimmern hielt weiter an.

»Kannst du etwas sehen, Fili? Wer oder was ist das?«

Sein Gefährte starrte in die Richtung aus der das Geräusch kam, aber auch sein Katzenblick vermochte in der Mischung aus Rauch und Staub nichts außer einen Umriss zu erkennen. Und selbst das konnte er seinem Freund ja nicht mitteilen.

»Na gut, ich werde nachsehen gehen«, beschloss er, stand vorsichtig auf und bewegte sich mit langsamen, leisen Schritten zu der Quelle des Wimmerns.

Nach wenigen Metern stolperte er über etwas. Es war kein Stein, sondern etwas Flaches. Er bückte sich, um zu ertasten, was das sein könnte und fand dabei die eine Hälfte der interdimensionalen Brücke vor.
»Hey, das Ding hat überlebt«, freute er sich. Bei genauerer Betrachtung ertastete er, dass sie leicht beschädigt war, sie hatte Risse und ihr Rand war ausgefranst.
»Kein Wunder, bei dem was das Ding durchmachen musste. Vielleicht funktioniert sie ja noch.« Bevor er weiter über einen möglichen Einsatz der Brücke nachdenken konnte, riss ihn das Wimmern wieder aus seinen Gedanken und er setzte seine Suche nach dessen Ursprung fort.
Wenige Schritte später offenbarte sich der Quell der weinerlichen Stimme. Reginald traute seinen Augen nicht. Er war offensichtlich wieder in der Mitte des Raumes angekommen, denn er stand nun wieder vor dem großen Felsen, dem Gefängnis der Dämonenkönigin. Davor kauerte ein kleines Mädchen. Er schätzte es aufgrund ihrer Größe auf höchstens vier oder fünf Jahre. Sie hatte ihr dunkles Haar zu zwei Zöpfen gebunden, die links und rechts hinten wegstanden. Sie trug nur einen weißen Pyjama und während sie seufzte und schniefte, umklammerte sie eine kleine purpurfarbene Stoffpuppe, in deren Nähe sie Trost suchte. Ihr Gesicht war durch die Puppe und einige Haare verdeckt. Außerdem war es noch zu dunkel, als dass er etwas genaueres erkennen konnte.
»Hey, wer bist du denn, wo kommst du denn her?«, fragte sie Reginald mit einer einfühlsamen Stimmlage und ging ohne nachzudenken auf das Mädchen zu. Doch da hielt ihn Filibo abermals zu seiner eigenen Sicherheit zurück.
»Fili, was machst du? Sie braucht unsere Hilfe, sie ist ganz alleine.« Er löste seinen Umhang aus dem Maul des Gepards und ging noch die paar Schritte bis er beim Mädchen angekommen war. Er kniete sich vor dem Kind nieder, um auf Augenhöhe mit ihr sprechen zu können.

»Hab keine Angst, mein Freund da drüben und ich passen auf dich auf bis wir deine Eltern gefunden haben.« Die Kleine reagierte nicht, sondern schnäuzte etwas Rotz und Wasser in ihren Ärmel. Doch sie schien sich etwas zu beruhigen.
Reginald warf einen Blick über seine Schulter. Filibo war aufgerückt, stand aber trotzdem noch immer knappe drei Meter von den beiden entfernt. Als er sich wieder zu dem Mädchen umdrehte, erschrak er fürchterlich. Sie hatte den Kopf gehoben und blickte ihm nun direkt in die Augen.
Ihre Augen brannten, sie waren glühend rot und strahlten neben einem leichten Lichtschein auch ziemlich viel Wärme ab. Bei dem Licht, das ihre Augen abgaben, erkannte Reginald etwas mehr von seiner Umgebung. Und auch ihr Gesicht war nun gut sichtbar. Sie hatte purpurfarbene Haut und zwei kleine Hörner auf ihrer Stirn. Reginald versuchte, sich den Schrecken nicht anmerken zu lassen und widerstand dem dringenden Wunsch, sich von diesem Geschöpf lauthals schreiend zu entfernen, als sie plötzlich ihren Mund öffnete.
»Ich habe Durst. Hast du was zu trinken?«
Überrascht von diesem einfachen Wunsch nach einer trinkbaren Flüssigkeit anstatt der Auslöschung allen Lebens in Kamquark, dem Sturz des Schöpfers aller Dinge oder noch viel schlimmer, der Anhebung der Steuern auf Instant-Zauberei, reagierte Reginald schon etwas gelassener.
»Ich habe leider nichts hier für dich. Aber wenn wir hier rauskommen, werden wir als erstes etwas Gutes für dich zu trinken organisieren.« Er lächelte das Mädchen an, zuversichtlich sie damit etwas zu beruhigen. Es funktionierte. Ihre Augen glühten nun weniger und sie weinte nicht mehr. Reginald griff in seine Umhangtasche in der Hoffnung dort ein Taschentuch vorzufinden, um dem Kind die letzten Tränen vom Gesicht zu wischen oder ihm zumindest das Tuch anzubieten.

Aber zum einen ertastete er nur das Päckchen Pfeffer und zum anderen bemerkte er, wie die letzten Tropfen Tränen bereits auf der Haut des Mädchens verdampften. [5]
»Das ist Suki«, sagte das kleine Mädchen unvermittelt und streckte Reginald seine Puppe freundlich entgegen. Suki sah aus wie ein Sukkubus, eine weibliche Gestalt mit purpurner Haut, Flügeln, Hörnern und einem stacheligen Schweif. Eigentlich wie eine Mini-Version der Dämonenkönigin, die Reginald vor wenigen Minuten noch in einem Portal verschwinden sah. Das Stoffpüppchen strahlte eine gewisse Energie ab, die Reginald bekannt vorkam. Aber er konnte sie nicht eindeutig zuordnen.
»Ich bin Reginald, meine Freunde nennen mich Reggy. Und das dort drüben ist Filibo«, er deutete über seine Schulter. »Darf ich fragen, wie du heißt?«
»Nein«, antwortete die Kleine ohne zu zögern und blickte ihn ernst an. Es vergingen einige Sekunden und Reginald versuchte, die Situation einzuordnen. Plötzlich kicherte das Mädchen und sagte.
»Ich bin Moira.« Nun musste auch der junge Zauberschüler lachen und streckte dem Kind seine offene Hand entgegen, um die ihre zu schütteln. Sie starrte ihn an und hob dann ihre Faust mit den Knöcheln in seine Richtung.
»Hallo, Reggy.«
Er schloss ebenfalls die Hand und hielt ihr die Faust entgegen ohne zu wissen, was passieren würde. Sie schlug ihre Fingerknochen gegen seine.

»Entferne dich von der Königin, Unwürdiger!«, schallte es plötzlich hinter Reginald und es wurde gleißend hell. Er hatte die Dunkelelfenzauberin nicht kommen hören und auch Filibo war überrascht worden. Als dieser zum Angriff überging, stürmte

---

[5] Auszug aus dem Buch »Wiki-Dämonia«, Band 3, aus der Bibliothek magischer Künste:
Moira ist ein Wesen, das den uns bekannten physischen und magischen Gesetzen trotzt. So stellt sich zum Beispiel die Frage, warum aus ihren heißen Augen Wasser treten kann, dieses aber auf ihrer vergleichsweise kühleren Haut sofort verdampft. Dieses Phänomen wird von den Großmagistern Kamquarks als *unglaublich magisch* eingestuft.

völlig unerwartet der Gnom, diesmal wieder in riesenhaft roter Gestalt heran und fing den Gepard im Fluge ab. Ohne jede Möglichkeit, ihm zu entgehen, endete Reginalds Freund wieder in den Fängen des Monstrums. Wieder hatte ihn Wigand bei der Kehle gepackt und ließ ihn an seinem langen Arm röchelnd hängen. Filibo wehrte sich erbitternd und kratzte den muskelbepackten Arm des Riesen mit seinen Pfoten, aber es schien dem Hünen nichts auszumachen.

»Das ist zwar nicht die Dämonenkönigen, die wir uns vorgestellt haben, aber wir nehmen, was wir kriegen können.« Lucia riss sich die durch die Explosion durchlöcherten Ärmel nun komplett herunter. Ihre schlanken, aber kräftigen Dunkelelfenarme kamen zum Vorschein.

Reginald stellte sich instinktiv schützend vor das Kind und keine Sekunde später spürte er, wie es ängstlich nach seiner Hand griff und diese umklammerte.

Direkt hinter Lucia stand Wigand mit dem Gepard in der ausgestreckten Hand.

»Du willst doch deinen Freund nicht leiden sehen, oder etwa doch?«, tönte der Riese übermütig und drückte etwas fester zu. Filibos Atem stockte und er versuchte, sich noch intensiver aus dem Griff zu lösen.

Eine bekannte Stimme meldete sich etwas aufgebracht, aber resignierend von der rechten Schulter des jungen Zauberers.

»Eigentlich bin ich ja ein Freund blutiger Kämpfe, die vorrangig mit schmutzigen Tricks geführt werden. Aber da wir uns ja mal wieder nicht an die wichtigsten Zaubersprüche erinnern können, würde ich vorschlagen, wir überlassen den beiden Witzfiguren das Kind und sehen zu, dass wir Land gewinnen.«

»Das kannst du nicht ernst meinen«, entgegnete die Stimme von links. »Es ist nur recht und nobel, das Kind zu beschützen. Auch, oder gerade, weil es sich um ein schutzloses magisches Geschöpf handelt.«

»Ach halt doch den Mund! Hörst du dir eigentlich selbst zu?«

Reginald schüttelte den Kopf und schrie: »Ruhe jetzt, ich muss nachdenken!«

»Was gibt's da nachzudenken, Junge«, sagte Wigand.

Reginald war nicht überrascht, dass er seinen Gedanken mal wieder laut ausgesprochen hatte. Plötzlich drückte die kleine Moira stärker an seiner Hand.
»Ich will nicht zu der komischen Frau und dem hässlichen Wiesentroll.«
»Filibo und ich werden dich beschützen, Kleine«, versicherte er dem Mädchen.
»Ihr zwei?« Lucia lachte hell auf.
»Ihr und welche Armee?«, fügte Wigand hinzu.
Lucia streckte ihre Hand nach vorne und intonierte: »Repulso!«
Zeitgleich hob Reginald seine Hände und intonierte ebenfalls: »Schildus maximus!«
Von der telekinetischen Energie getroffen, flog er ohne jeglichen Widerstand gegen den Felsen hinter sich und stöhnte auf, als die Luft aus seinen Lungen gedrückt wurde.
»Das war der falsche Spruch. Ich habe es euch schon hundertmal gesagt. Wir müssen einfach mehr lernen!«, sagte die linke Stimme und auch die rechte Seite meldete sich. »Jaja, lernen ist aber langweilig. Außerdem hatten wir doch viel mehr Spaß dabei, etwas mit Lili zu unternehmen.«
Von der telekinetischen Kraft festgehalten, hing er ohne Gegenwehr auf dem Felsen.
»Dein Trick mit der Dimensionsbrücke war ein netter Versuch. Und fast hättest du unseren Plan zur Gänze ruiniert. Aber alles, was du damit angerichtet hast, war das hier«, die Dunkelelfe deutete auf das Kind. »Der Raum-Zeit-Konflikt, der dadurch entstand, hat unsere Königin in die Vergangenheit geschleudert und sie zum Kind gewandelt. Ich wusste gar nicht, dass das möglich ist. Aber es ist kein gröberes Problem für uns. Es kostet uns nur etwas mehr Zeit. Wir werden ihre dämonische Seite schon noch erwecken. Verlass dich darauf.«
Ohne weitere Worte hob Lucia ihre linke Hand, vollzog einen Streich in der Luft und schleuderte Reginald einige Meter zur Seite, wo er schon wieder hart landete.
»Aua«, stöhnte er innerlich. »Langsam habe ich genug von dieser groben Behandlung.«
Die kleine Moira erschrak und lief links um den Felsen herum

davon.
»Bleib stehen, du Gör!«, rief ihr Lucia hinterher. Sie streckte den Arm vor, um Moira magisch zu binden, aber um die Kleine manifestierte sich ein Schild und Reginald sah, wie ihre Puppe aufleuchtete. Die Magie wurde zurückgeschleudert und Lucias Hand durchzog ein stechender Schmerz. Das Mädchen verschwand hinter dem Felsen.
»Hol mir das Kind«, befahl Lucia. Doch ehe der rote Riese ihrem Befehl folgte, trat er an sie heran und murmelte ihr etwas zu. Reginald konnte nicht hören, worum es ging. Was er aber sah, war Filibo, der nun kaum noch Kräfte hatte und seine Gliedmaßen einfach hängen ließ. Aber der Blick des Gepards war eindringlich auf Reginald gerichtet. Und mit einem Mal empfing er ein telepathisches Gefühl. Keine Worte oder Anweisungen, aber einen eindeutigen Willen zur Handlung, der sich in ihm regte.
Reginald rappelte sich etwas auf, griff in seine Umhangtasche und holte das Päckchen Pfeffer heraus. Während er aufstand, löste er den Halteriemen, der das Päckchen verschlossen hielt. Ohne einen sonst immer gerne von sich gegebenen heroischen Schlachtruf kurz vor Ende eines finalen Kampfes, schleuderte er das Päckchen in Richtung des roten Monstrums. Abermals bemerkte Lucia das Objekt, welches auf sie zuflog und schickte einen Energiestoß los, um es zu bremsen. Diesmal traf sie es direkt und das Päckchen löste sich in Luft auf. Doch die Pfefferkörner, erst noch grob verpackt, flogen nun durch die magische Energie weiterverarbeitet, als fein geriebenes Pulver, inhomogen gestreut, direkt auf Wigand, Lucia und Filibo zu. Sofort nach dem Aufprall verschwanden Teile davon in den Atemwegen der drei völlig unterschiedlichen Wesen.
»Du Wurm, das war das letzte Mal, dass du...«, plötzlich suchte Lucia ein regelrechter Niesanfall heim, was ihre Drohung unterbrach. Wigand juckte es ebenfalls schon in der Nase und auch er konnte es nicht zurückhalten. Sein lautes Riesen-Niesen hallte in allen Gängen der Höhle wider. Als er sich wieder fing, begann er zu lachen.
»War das schon alles? Jetzt mach ich dich platt.« Er streckte den Gepard in seiner Hand rüber zu Lucia. »Pass mal auf das Kätzchen

auf.«
In dem Moment kam auch Filibo zum Zug, seine Nasennebenhöhlen juckten schon und es konnte nur noch einige wenige Zehntelsekunden dauern bis sie sich von dem pfeffrigen Eindringling befreien würden. Er atmete ein, dann noch mehr und dann... war das Gefühl plötzlich weg. Reginald wartete vergebens. Lucia übernahm mit ihrem magischen Haltegriff den Gepard und hob ihn etwas weiter hoch zu der Lichtquelle, die den Raum erhellte. Filibo starrte direkt ins Licht und dann passierte es. Das Kribbeln kam wieder und wurde immer stärker und endlich konnte er niesen.

Die magische Explosion, die seine dadurch eingeleitete Verwandlung auslöste, warf Reginald hart zu Boden. Lucia und Wigand hatte es aufgrund der Nähe noch stärker getroffen. Die Druckwelle presste beide nebeneinander auf den Boden. Wigand stieß sich den Kopf und wurde bewusstlos, was eine sofortige Rückverwandlung zur kleineren Männergestalt bewirkte.
Der ehemalige Raubkatzenkörper wuchs rasant, er wurde größer und größer. Der magische Haltegriff der dunklen Zauberin hatte sich bereits gelöst und eine alte Bekannte, die Gravitation, nahm das steigende Gewicht des Formwandlers wieder vollends unter ihre Fittiche.
Die noch undefinierbare magische Biomasse mit dem Namen Filibo stürzte in Richtung Höhlenboden, wo die Dunkelelfe und der bewusstlose Wigand unfreiwillig darauf warteten, zerquetscht zu werden. Lucia erkannte das drohende Unheil und vollführte noch eine schnelle Handbewegung. Und schon knallte der enorme Hintern eines Riesenmammuts auf den harten Höhlenboden.

Kapitel 20
Neumodisches Zeugs

»Er kocht schon ganz schön lange seinen Tee«, murmelte Mock vor sich hin.

Salem, der den Jungen mit seinen spitzen Katzenohren natürlich hören konnte, ignorierte seine Worte und beobachtete weiter gespannt die Rekonstruktion des Skeletts.

Mortimer hatte schon wieder einen Rumpf und auch sein Kopf saß wieder dort, wo er hingehörte. Noch dazu mit funktionierendem Kiefer.

»Ich weiß ja nicht, wie es euch geht«, sprach Mortimer. »Und wenn ich ehrlich bin, ist es mir auch ziemlich egal. Aber wenn ich hier fertig bin, brauche ich dringend einen Whiskey.«

»Sag mal, schmeckst du das Zeug denn überhaupt?«, wollte Mock wissen.

»Was soll das heißen? Wie meinst du das?«

»Na, du hast doch keine Zunge und keine Schleimhäute. Wie also kannst du den Geschmack von Whiskey wahrnehmen? Allein, wenn ich an vorhin denke, als du dir die Pizza reingeschoben hast, mit dem Resultat, dass sie durch dich hindurchfiel, an deinen Hüftknochen abprallte und den Boden komplett versaute.« Mock machte eine Pause und seufzte dann. »Schade um die gute Funghi.«

»Erstens war das keine Funghi, sondern eine Diablo mit Mais. Höllenscharf, versteht sich! Und zweitens geht es dich gar nichts an, ob ich etwas schmecke oder nicht.«

»Natürlich kann er nichts schmecken«, wandte der Kater ein. »Du hast schon recht, dass er durch die fehlende Physis auch keine Sinne mehr hat. Aber die Magie, die ihm Leben verleiht, greift auf seine Erinnerungen zu und gibt ihm das Gefühl, voll und ganz lebendig zu sein. Und es war eine Funghi. Die Diablo hast du dir nur eingebildet. Dort drüben klebt noch ein Pilz auf dem Boden.«

»Aha, das heißt also, er fühlt auch keine Schmerzen, die werden aber simuliert?«, wollte Mock nun genauer wissen.

»Ich bin viel besser im Schmerzen austeilen! Wartet nur, bis ich meine Arme wieder habe!«

Bevor die Situation eskalierte, kam Eli wieder mit einem Tablett in den Händen in den Raum. Darauf, warmer und süßer Tee, in mehrere Tassen abgefüllt. Er blieb mitten im Raum stehen.
»Ihr wisst schon, dass die Scheibe sich wieder meldet?«, fragte Eli, lies das Tablett in der Luft los und ging zu dem magischen Objekt.
»Nein, das haben wir nicht bemerkt«, antwortete Mock stotternd. Sein Blick war auf das noch immer in der Luft hängende Tablett gerichtet.
Natürlich war Mock an Magie und Zaubersprüche gewöhnt. Aber nur selten begegnete man als Zauberschüler einem so talentierten Zauberer, der Magie wirkte, ohne einen Spruch zu intonieren. Es war einfach faszinierend.
Eli stand nun vor der sich langsam drehenden Scheibe, die noch immer nur so groß war wie ein kleiner Teller. Mit einer Hand hielt er sich seinen Bauch, mit der anderen stützte er sein Kinn.
»Hmm… gibt es dafür einen Aktivierungsspruch? Ich hab's nicht so mit Instant-Zaubern, muss ich ehrlich gestehen.«
Mock schüttelte den Kopf, um diesen wieder freizubekommen und erhob sich von dem Sessel auf dem er saß.
»Der Zauberspruch zur Aktivierung steht auf der Packung. Ich habe ihn aber schon mal aus Reginalds Mund gehört. Sollte es nicht ausreichen, wenn der Spruch nur an einem Ende intoniert wird?«
»Nicht, wenn sie schon zu oft benutzt oder sie beschädigt wurde.« Eli drehte am Absatz um und nahm sich eine Tasse Tee vom Tablett. »Naja, dir wird die Zauberformel schon wieder einfallen.«
»Das glaube ich nicht«, warf Mortimer gehässig ein. »Der Junge sieht mir nicht gerade wie ein großer Denker aus.«
Von dieser Aussage angespornt, setzte Mock alle Zahnräder in seinem Kopf in Bewegung. Selbst die grauen Zellen wurden zu einer Extraschicht eingeteilt und auf voller Last betrieben. Und plötzlich stieß es aus ihm heraus: »Suppe von Berto!«
Nichts passierte.
»Alexius!«, sagte Eli.
»Ja, Sir Eli«, antwortete die körperlose Stimme.

»Suche nach Suppe von Berto.«
»Natürlich. Einen Moment.«
Es vergingen mehrere Momente, doch bevor Eli nochmal nachfragen konnte, meldete sich Alexius zurück.
»Ich habe zwei vielversprechende Ergebnisse zu Ihrer Suchanfrage gefunden. Erstes Ergebnis: Suppe ala Pedro. Eine schleimige Quallensuppe, die man im Pedros, einem der renommiertesten Restaurants Kamquarks bestellen kann. Obwohl sie laut Kundenmeinungen die teuerste Suppe der Stadt ist, ist sie zugleich auch die ekelerregendste.«
»So richtig scheußlich schmeckt die«, stimmte Mortimer zu und spuckte trocken aus.
»Zweites Ergebnis: Schupf den Berto. Ein kamquarianischer Brauch, der bei Eheschließungen zu tragen kommt. Dieser besagt, wenn ein Mann namens Berto ehelicht, muss er nach der Eheschließung so lange geschupft, also mit einem Tuch das mehrere Menschen halten, in die Luft geworfen werden, bis das Tuch reißt. Bricht sich der Mann dabei das Rückgrat, darf er dies bei seiner Unfallversicherung geltend machen und muss bis an sein Lebensende nicht mehr arbeiten. Seine Ehefrau darf zusätzlich eine sogenannte Tuch-de-Berto Invalidenrente beziehen, um sich damit ein schönes Leben am Land zu machen. Die ansässigen Versicherungsunternehmen Kamquarks waren über diesen Brauch nicht sonderlich glücklich, was sie veranlasste, mit einem dicken Koffer voll Gold beim Bürgermeister vorbeizuschauen. Man munkelt, sie hätten den Bürgermeister bestechen wollen, um den Brauch zu verbieten. Doch der Brauch ist nach wie vor aktuell und auch der Bürgermeister dementierte alle Bestechungsgerüchte. Die Tatsache aber, dass sich der Bürgermeister zwei Wochen später ein doppelt so großes Haus anschaffte und der Name Berto für Kamquarianer fortan bei Strafe verboten wurde, lässt einige Fragen offen.«
»Aha. Und wie viele Bertos gibt es jetzt noch in Kamquark?«, wollte Eli ganz interessiert wissen und nippte an seiner Tasse.
»Also nach meinem Wissen sind derzeit…«, Alexius führte das Thema noch detaillierter aus, während alle anderen schon nicht

mehr zuhörten.
Salem sprang von der Couch und ging hinüber zu der schwarzen Scheibe.
Er murmelte etwas vor sich hin. Irgendetwas wie: »Neumodisches Zeugs!«, und, »Warum fragt ihr nicht einfach einen Profi.«
Als er bei der Scheibe angekommen war, holte er Luft und sprach gewohnt gelassen:
»Subter eperto.« Mit einem Mal aktivierte sich der Zauber der interdimensionalen Brücke.

Kapitel 21
Ich werde mir das mal ansehen

Das Portal öffnete sich innerhalb eines Wimpernschlages und schon war es zu seiner vollen Größe herangewachsen. Ein kleiner Energiesturm ging von der magischen Öffnung aus und blies den Anwesenden entgegen. Mortimer hatte es nun endlich geschafft, seine Beine vollständig an seinem Korpus zu befestigen. Da er zu weit weg saß, um alles zu sehen und ihm Eli und Mock etwas die Sicht versperrten, rappelte er sich mühselig auf und ging, armlos wie er war, hinüber, um mehr von dem Spektakel mitzuerleben. Gerade rechtzeitig, denn jetzt tat sich etwas.
Das Portal leuchtete auf und im nächsten Moment stand ein kleines Mädchen mit einer Puppe vor ihnen. Es hatte purpurne Haut, kleine Hörner auf der Stirn und zwei süße Zöpfe, die hinten seitlich runterbaumelten. In den Zöpfen waren weiß-graue Stäbe eingearbeitet.
»Sind das Hühnerknochen?«, dachte sich Mock.
In ihrer Hand hielt sie eine schwach leuchtende Sukkubus Puppe, die ebenfalls purpurn war. Doch etwas war seltsam, ihre Augen leuchteten wie Feuer und eine unangenehme Energie ging von ihr aus.
»Hey, so eine Puppe hatte ich ... ähm, ich meine, einer meiner Freunde auch mal«, rief Mortimer erfreut und ging ohne Vorwarnung auf das Kind zu. Ein Fehler, wie sich sogleich herausstellte. Das Mädchen nahm eine schützende Haltung ein und schrie: »Geh weg!«
Mit dem Schrei entfesselte sie einen unsichtbaren Energiestoß, der den herannahenden Mortimer gegen die nächste Wand schleuderte und sein Körperpuzzle auf null zurücksetzte. Nur sein Kopf blieb ganz und so gelang es ihm, zumindest noch gehörig zu fluchen.
Die Augen des Mädchens glühten nun noch stärker. Mock ging langsam zwei Schritte zurück. Und dann noch zwei. Salem tat ihm gleich. Er konnte es sich nicht leisten, dass die ausgehende Hitze

seine gepflegten Schnurrhaare ansengte, redete er sich zumindest ein, um seinen Kleinmut vor sich selbst zu tarnen.
Eli hingegen setzte sich im Schneidersitz auf den Boden. Mit einer sanften Handbewegung befahl er dem schwebenden Tablett mit Tee, sich zwischen sich und das Mädchen zu bewegen. Als es in Reichweite war, stellte er seine leere Tasse ab und nahm sich eine neue. Er schlürfte genüsslich und blieb vollkommen ruhig. Durch den Tee wurde er sogar noch entspannter.
»Moira«, sagte er und das Mädchen hob neugierig den Kopf.
»Jetzt fällt es mir wieder ein.« Er lachte und es erfreute ihn, dass er sich wieder an den Namen erinnerte über den er schon die ganze Zeit nachdachte.
»Du bist Moira, habe ich recht?«
Das Mädchen antwortete nicht. Eli nahm noch einen Schluck seines Tees und setzte dann nach.
»Hast du zufällig unsere Freunde gesehen? Ein dünner Zauberer und ein etwas größeres Kätzchen. So wie das dort.« Dabei deutete er auf Salem.
»Also ich darf doch sehr bitten«, beschwerte sich der Kater.
Wieder vergingen ein paar ruhige Momente während das Portal noch immer hinter Moira waberte.
»Und wenn ich sie gesehen habe?« Das Mädchen war noch immer aufgeregt.
»Na, dann wäre es toll, wenn du mir erzählst, wo sie sind. Wir machen uns nämlich schon Sorgen.«
Das Kind überlegte, kniff ihre glühenden Augen zusammen und schielte dann auf die vollen Teetassen.
»Ich habe Durst.«
Eli nahm eine Tasse und streckte sie dem Mädchen entgegen.
»Du kannst dich gerne bedienen. Setz dich einfach zu mir und nimm dir, was du möchtest.«
Noch etwas verunsichert, näherte sich das Kind und setzte sich, ihre Umgebung noch immer genau beobachtend, gegenüber von Eli hin. Sie nahm sich eine Tasse und stürzte das lauwarme Getränk mit einem Mal hinunter. Es schien fast so, als hätte sie seit hunderten von Jahren nichts mehr zu trinken bekommen.
Sofort setzte die beruhigende Wirkung des Tees ein und das

Glühen in ihren Augen verschwand. Sie nahm sich noch eine Tasse und trank.
»Möchtest du mir nun sagen, wo wir unsere Freunde finden?«, hakte Eli vorsichtig nach.
»Reginald und Fili sind noch in der Höhle. Er passt nicht durch das Portal.«
Verwundert drehte sich Eli zu Mock und Salem. Sein fragender Blick wurde nur mit einem Achselzucken von Mock beantwortet. Das Mädchen trank noch die zweite Tasse aus und plötzlich fiel sie nach hinten und begann lauthals zu schnarchen.
»Ich werde mir das mal ansehen«, meinte Eli und sprang auf. Im gleichen Moment schwebte sein schwarzer Mantel in den Raum, welcher sich selbstständig auf die Schultern des Zauberers legte. Außerdem kam ein Päckchen mit einem schwarzen Kreuz darauf geflogen. »Was ist das?«, wollte Mock wissen.
»Das ist mein Mantel«, gab der Zauberer zurück. »Oder meintest du meinen Magischen-Erste-Hilfe-Notfallkoffer?« Er warf Mock ein Lächeln zu. »Legt das Mädchen auf mein Bett im Schlafzimmer und deckt sie gut zu. Ich bin gleich wieder da.« Und schon verschwand er im Portal.

Kapitel 22

Ein greiser Magister, der keine Ahnung hat

Eine Stunde war nun vergangen seit Eli mit Reginald und Filibo wieder aus der Höhle zurückgekehrt war. So lange dauerte es auch ungefähr, um die Geschichte, die sie erlebt hatten aufzuklären. Nur das Verschwinden der dunklen Zauberin und des gnomenhaften Mannes blieb völlig ungeklärt. Die beiden hatten das herabstürzende Mammuthinterteil überlebt oder konnten sich zumindest in letzter Sekunde wegteleportieren.

Die Rettung Reginalds und seines nun deutlich größeren Freundes war Eli zu verdanken. Sein Magischer-Erste-Hilfe-Koffer trug dazu bei, dass er nicht allzu viel Mühen hatte, die beiden aus der Höhle herauszubekommen. Zuerst injizierte er dem Formwandler ein magisches Rückwirkungsmittel. Ein Serum, das eine Verwandlung wieder rückgängig machte. Eli war sich aber nicht ganz sicher, ob das bei unkontrollierten Formwandlungen überhaupt funktioniert. Als sich nichts tat, musste er auch noch einen Schrumpfungszauber einsetzen, damit das Riesenmammut durch die magische Öffnung der interdimensionalen Brücke passte.

Leider war das Ablaufdatum des Köfferchens bereits überschritten, wie Eli später feststellte, daher hatte der Zauber nicht die gewünschte Wirkung. Filibo war zwar kleiner geworden, aber auch jünger. Er war nun ein Riesenmammutbaby und seine Schulterhöhe entsprach ungefähr der eines Menschen.

Natürlich stand die Lösung im Raum, Filibo irgendwie noch einmal zum Niesen zu bringen. Aber zum einen ist dieser Umwandlungsprozess, der durch das Niesen ausgelöst wird, für Formwandler sehr unangenehm und zum anderen wird die dadurch entstehende magische Explosion zur Potenz stärker je größer der Ausgangskörper ist. Das Niesen eines Mammuts in einer unterirdischen Höhle hätte dadurch vermutlich verheerende Folgen nach sich gezogen.

»Und was machen wir jetzt mit der Kleinen?«, wollte Reginald wissen. Sein Blick ging durch die Runde und weder Mock noch Salem hatten eine Idee. Mortimer hingegen hatte schon Pläne geschmiedet.
»Ich sage, wir nutzen ihre Kräfte für hinterhältige und dämonische Zwecke«, er unterbrach seinen Vorschlag mit einem diabolischen Lachanfall und klopfte dann Eli auf die Schulter. »Wenn wir meinen Meister wiedergefunden haben, werden wir mit ihr durch die Lande ziehen und Menschen terrorisieren.«
»Also das mit deinem Meister klären wir noch. Wie versprochen helfe ich dir gerne, ihn wieder zu finden«, stellte Eli klar. »Aber für böse Machenschaften bin ich nicht zu haben, mein Freund.«
Enttäuscht nahm das Skelett seine Hand wieder von der Schulter des Zauberers.
»Wir könnten sie dem magischen Orden übergeben. Sie wissen vielleicht, was zu tun ist«, schlug Mock vor. Doch Eli schüttelte den Kopf.
»Ich fürchte, sie würden sie nur wieder einsperren wollen, wie sie es schon damals taten. Aber im Vergleich zu damals ist sie jetzt ein Kind, unbedarft und vor allem noch völlig unschuldig.«
»Sie hat magische Kräfte, deren Stärke nicht abzuschätzen ist«, fügte Salem ruhig hinzu. »Nicht umsonst gilt sie als die einzige Kraft, die Aros verbannen kann.«
Elis Stirn zog Denkerfalten. Gerade er, als größter Anhänger des Schöpfers aller Dinge, würde niemals riskieren, sein Idol in Gefahr zu bringen. Aber dennoch, eine innere Stimme, seine bisher immer zuverlässige Intuition, drängte ihn förmlich, eine andere Lösung zu finden.
»Ich habe eine Idee.« Während alle gespannt an seinen Lippen hingen, nahm er noch einen Schluck Tee. Dann wischte er mit der flachen Handfläche über den Tisch und begann eine Melodie mit seinen Fingern zu klopfen, während er aus dem Fenster blickte.
»Welche Idee?!«, schrie ihn Mock, die Spannung nicht mehr aushaltend, plötzlich direkt ins Gesicht und spuckte ihn dabei unabsichtlich an.
»Oh, tut mir leid«, fügte er hinzu, als er erkannte, dass sich alle um ihn fürchterlich erschrocken hatten.

»Ich bringe sie zu Möbius, meinem alten Lehrer. Er wird wissen was zu tun ist.«
»Möbius?«, wiederholte Reginald.
»Ein greiser Magister, der keine Ahnung hat«, wandte Salem ein.
»Ich habe eine bessere Idee. Aber dazu muss ich erst ein paar alte Kontakte auffrischen.«
Eli nickte wissend. »Und wie lange wird das dauern?«
»Wenn du mir nicht ständig Fragen stellst, nicht sehr lange«, gab der Kater zurück. Er ließ sich vom Stuhl rutschen, trippelte rüber zum Fenster, welches sich wie von Geisterhand öffnete und sprang hinaus ins Dämmerlicht des Abends.
»Ist das hier nicht der siebenundzwanzigste Stock?«, wunderte sich Mock.
»Ja schon. Aber mach dir um den alten Kater keine Sorgen. Dem passiert schon nichts«, versicherte ihm der Zauberer.

Beim Blick aus dem Fenster erkannte Reginald, wie spät es bereits geworden sein musste.
»Oh Mann! Ich muss nach Hause zu Tante Klara. Sie wartet bestimmt schon auf den Einkauf!«
»Und ich muss auch nach Hause«, sagte Mock. »Das Abendessen wartet bestimmt schon auf mich.«
»Glaubst du nicht, dass deine Tante sich mehr Sorgen um dich macht als um den Einkauf?«, wollte Eli wissen. Reginald überlegte kurz und kam dann zu dem Schluss.
»Nö, das glaube ich nicht.« Er grinste und stand auf. »Ihr habt mit der kleinen Moira alles im Griff?«
»Natürlich«, versicherte Eli seinem Freund und geleitete die beiden aus der Wohnung.
Sie verabschiedeten sich und Eli versprach, seinen Freund am Laufenden zu halten. Am Ende winkten sie noch Mortimer zu, der gerade damit beschäftigt war, seine Knochen nach der mittlerweile dritten Körper-Puzzle-Einheit nachzukontrollieren.
»Ahoi, ihr Landratten!«, rief er den beiden zu und wunderte sich im gleichen Augenblick selbst darüber.
Die Tür ging hinter Reginald zu und nun stand er mit Mock und dem für Innenräume eigentlich zu großen Filibo-Babyelefanten ziemlich zusammengequetscht im Stiegenhaus.

»Willst du gar nicht wissen, was Salem mit dem Mädchen vorhat, Reggy?«
»Ich habe so eine Ahnung, aber ich vertraue den beiden, dass es eine gute Lösung für sie und eine sichere Lösung für uns alle ist.«
»Und…«, fuhr Mock fort. »Magst du mir verraten, wer oder was diese heilbringende Lösung sein soll?«
»Naja, wie gesagt weiß ich es nicht genau. Aber ich weiß, dass Salem einst die Haus- und Hofkatze von einer, wie soll ich es sagen… apokalyptischen Familie war.«
Mock blinzelte verwirrt und starrte seinen Freund an. Und dann begriff er, wen Reginald meinte. »Neeeeeeein!«, sagte er ungläubig.[6]

---

[6] Auszug aus dem »Tagebuch der Schöpfung von Aros, dem Schöpfer aller Dinge«:
Liebes Tagebuch! Ich weiß, ich habe dir schon lange keinen Eintrag mehr geschenkt. Aber ich hatte einiges zu tun. Vor allem mit meiner neuesten Schöpfung. Wie du ja weißt, habe ich in dieses Kamquark ein paar Lebewesen gesetzt. Das Ganze hat sich gut entwickelt, aber die Kreaturen wurden immer älter und runzliger und irgendwann wollten sie sich kaum mehr bewegen, wurden krank und hatten an ihrem Leben eigentlich keinen Spaß mehr. Ich habe mir also überlegt, eine weitere unsterbliche Kreatur zu erschaffen, die sich um dieses Problem kümmert. Dafür wählte ich den ältesten und weisesten der Menschenwesen aus und übertrug ihm diese wichtige Aufgabe. Ich taufte ihn auf den Namen Tod. Sein irdischer Name war Todd, aber den wollte er nicht behalten. Jedenfalls, ein blasses Kerlchen dieser Tod, aber ich denke, er ist sehr engagiert und macht seine Arbeit gut. Seine Aufgabe war es, den Kreaturen nach seinem eigenen Ermessen den Garaus zu machen. Er nennt es immer gerne das fröhliche Abernten. Liegt vielleicht daran, dass er in seinem irdischen Leben Landwirt war. Ich musste ihm extra eine tolle Sense verschaffen. In weiterer Folge mussten wir uns etwas für dieses seltsame Abfallprodukt namens Seele einfallen lassen. Einer der Schöpflinge, du weißt, meine kleinen Helfer, die in den Schöpfungswerkstätten arbeiten, hatte eine großartige Idee dafür. Er schlug vor, die Seelen zu recyceln, also wiederzuverwenden. Das war mir glatt eine Beförderung wert. Buddha, so heißt der kleine innovative Schöpfling, ist nun Reinkarnationsbeauftragter. Aber zurück zu Tod und seinen Agenden. Tod schlug vor, dass wir hin und wieder alles Leben auslöschen sollten, damit sich auch Kamquark und die umliegenden Ländereien wieder erholen können. Dafür, so meinte er, brauche er aber Hilfe. Nach einem kurzen Brainstorming habe ich ihm dann noch zwei Schwestern und einen Bruder erschaffen. Erst wollte ich ihnen klingende Namen verpassen. Meine Vorschläge waren Zucker, Rauchen und Transfettsäure. Aber Tod meinte, das würde er sich nicht merken. Also blieben wir bei kurzen Namen, die er sich gut merken konnte. Ich nannte sie Hass, Pest und Übergewicht. Um einen klingenden Namen für das Vierergespann

zu finden, haben wir extra die kreativsten Schöpflinge beauftragt. Nach Wochen kreativen Schaffens kamen sie mit einem nicht zufriedenstellenden Vorschlag. Sie rieten mir, die vier das *Alles hat ein Ende nur die Wurst hat zwei-Team* zu taufen. Wieder kam der Einwand von Tod, dass ihm das nicht gefiele – du merkst schon, liebes Tagebuch, er hat hohe Ansprüche. So berieten sich die vier Geschwister untereinander und kamen zu dem Schluss, sich *Die Einleiter der Apokalypse* zu nennen. Doch bei der Namenseintragung wurde das Memo nicht richtig gelesen und so taufte sie das Schöpfungsmagistrat *Die Reiter der Apokalypse.* Da dies Magistratsbürokratie selbst für einen obersten Schöpfer zu verquer ist, habe ich es bei diesem Namen belassen. So, liebes Tagebuch, das war´s für heute. Bis bald. Dein Aros

Kapitel 23
Du blöde Kuh

Das dreiäugige Krötenmännchen stand am Rande des kamquarianischen Klärbeckens und blähte seine Schallblase auf, um seinen Artgenossinnen in Sicht- und Hörweite zu imponieren. Mit einem lauten, abendlichen Quakkonzert bot er etwas für die Ohren der geneigten Krötendamen, in der Hoffnung heute nicht alleine zu Schilf gehen zu müssen. Doch er rechnete nicht mit den Gästen von oben. Denn plötzlich öffnete sich ein Portal in luftiger Höhe und zwei Körper fielen heraus.
Mit voller Wucht knallten die beiden nach einem langen Fall, der von Schreien begleitet wurde in das dickflüssige Wasser des Beckens. Das Quakkonzert musste unterbrochen werden und so hüpfte die Kröte davon und verschwand im nächsten Busch.

Nach einigen Sekunden tauchten die beiden Fallbeispiele wieder auf. Anstelle der Krötengeräusche hörte man nun eine Mischung aus Fluchen, Keuchen und lauten Würgegeräuschen.
»Das war ja ein ganz tolles Portal«, schimpfte Wigand, während er an den Rand des Klärbeckens schwamm. Lucia folgte ihm, sagte aber nichts. Sie war nicht geübt im Schwimmen und so konzentrierte sie sich erst darauf.
Als sie beide aus dem Wasser, oder sagen wir lieber, aus der braunen Flüssigkeit gestiegen waren, warfen sie sich weitere Vorwürfe an den Kopf.
»Sei lieber froh, dass ich uns noch gerettet habe! Ohne mein schnelles Handeln würdest du jetzt in einem Elefantenhintern stecken.«
»Ach ja! Ich war es aber nicht, der beschlossen hat, dass wir das Ganze auch ohne Ragnar durchziehen können.« Wigand versuchte sich von etwas Klärschlamm zu befreien.
»Jetzt hör mal zu, du kleine Witzfigur. Ohne mich wärst du nicht mal in diesen Befreiungsplan eingeweiht worden.«
»Wäre vielleicht auch besser gewesen, du blöde Kuh!«, maulte der

gnomenhafte Mann.
»Blöde Kuh!? Das sagt gerade der Bauer mit den größten Kartoffeln!«
Dieses illustre und heitere Beleidigungsduell ging noch lange so weiter und sollte der Fauna in und um das kamquarianische Klärbecken in dieser Nacht keinen Schlaf gönnen.

Kapitel 24

Nein, erst der Einkauf

Reginald ging durch die Türe, ohne zu klopfen. Es war bereits finster geworden, aber im Haus brannte noch Licht. Als er in den Flur trat, hörte er schon seine Tante aufschreien.
»Bei Aros! Reggy! Da bist du ja endlich. Ich habe mir schon solche Sorgen um …!«
»Danke, Tante, aber mir geht es gut. Es ist alles in Ordnung.«
»… die Einkäufe gemacht. Stell dir vor, der Eintopf schmeckte total fade und ich hatte kein Salz mehr. Ich wusste gar nicht, was ich machen sollte. Also bat ich Lili, die zufällig gerade vor unserem Haus vorbeilief, mir auszuhelfen.«
Klara deutete in die Küche, wo Reginalds Freundin Lili stand. Sie winkte ihm wortlos, aber mit einem Lächeln zu.
»Es tut mir leid, Tante, mir ist etwas dazwischengekommen. Weißt du, ich habe Mock getroffen und er hatte…«
»Ach papperlapapp! Du bist schon wie dein Vater früher. Immer am Flug und für keine Ausrede zu schade. Aber das werden wir dir schon austreiben.« Sie hielt kurz inne, nutzte die Chance, um seit langem mal wieder Luft zu holen und sah sich um.
»Wo hast du Filibo gelassen?«
»Naja, das ist so eine Sache«, antwortete Reginald zögerlich.
Plötzlich hörte man ein Tröten aus dem Garten. Klara und Lili blickten aus dem Küchenfenster und sogleich schrie Reginalds Tante hell auf.
»Fili musste leider nochmal niesen als wir uns gegen die…«, versuchte Reginald sich zu erklären. Doch wieder ließ ihn seine Tante nicht ausreden.
»Der arme Schatz. Du musst mehr auf deinen Freund achten. Du weißt ja, wie ihm die Verwandlungen zusetzen. Und dann gleich in so ein großes Tier.«
Die drei gingen hinaus. Lili strich Reginald zärtlich über die Schulter als sie an ihm vorbeiging und flüsterte ihm zu:
»Ich bin froh, dass du wieder da bist und dass es euch beiden gut

geht.« Reginald wurde warm ums Herz und er musste lächeln. Klara umarmte den Rüssel des Babymammuts und tätschelte dann seinen Kopf.
»Ach, Fili. Das darf doch nicht wahr sein. Geht es dir gut in diesem Körper?«
Der kleine Elefant schunkelte hin und her und nickte zufrieden. Da fiel Lili etwas auf.
»Sag mal, ist es denn normal, dass ein Elefant einen Schweif wie ein Gepard hat?«
Reginald ging um Filibo herum und stellte ebenfalls fest, dass er hier ein Babymammut vor sich hatte, das mit dem Schweif eines Raubtieres rumlief.
»Das ist neu, aber ein gutes Zeichen«, sagte Reginald.
»Ein Freund von mir hat Fili ein Serum verabreicht, das die letzte Verwandlung rückgängig machen sollte. Er war sich aber nicht sicher, ob es wirken würde. Offenbar tut es das.«
»Reggy!«, wandte Klara ermahnend ein. »Du warst doch nicht wieder bei diesem Eli Rabenkleid, oder? Ich habe gesagt, dass du dich von ihm fernhalten sollst. Sieh nur, was passiert, wenn du mit solchen Leuten unterwegs bist. Und sieh dich mal an! Warum bist du eigentlich so schmutzig?«
»Wie ich schon sagen wollte, da waren diese…«
»Ich will es gar nicht wissen. Was ich aber wissen will, ist, ob du auch alles eingekauft hast, um das ich dich gebeten habe. Warst du auch bei Diddys Obststand, und viel wichtiger, warst du beim Kräuterhändler?«
»Ja, Tante.« Reginald genierte sich etwas, in Gegenwart von Lili so runtergeputzt zu werden.
»Ich werde jetzt gehen. Ihr habt ja, wie es scheint, noch einiges zu besprechen. Guten Abend, Klara. Tschüss, Fili. Und du! Du schuldest mir noch ein Eis!«, sagte die junge Frau zu Reginald und ging lächelnd an ihm vorbei. Reginald starrte ihr hinterher, beobachtete, wie sie das Gartentor öffnete, hinter sich wieder schloss, und dann winkend hinter der nächsten Ecke verschwand.
»Ein feines Mädchen«, sagte Klara. »Mit ihr solltest du öfter etwas unternehmen. Also, zeig mir mal, was du eingekauft hast.«
An der Eingangstür mussten sie feststellen, dass Filibo nicht

hindurchpasste. Klara stemmte ihre Fäuste in die Taille.
»Du wirst nachher noch die Gartenhütte ausräumen und dort für Fili ein schönes Bett machen. Dort sollte er reinpassen. Ich werde den Armen sicher nicht im Freien schlafen lassen, nur weil du nicht auf ihn aufpassen konntest.«
»Ja, Tante, ich fange sofort damit an.«
»Nein, erst der Einkauf!«

In der Küche entleerte Reginald den unendlichen Hut, den er von seinem Vater geerbt hatte und platzierte den gesamten Einkauf auf der Anrichte. Auch das Restgeld legte er dazu. Klara durchsuchte alles und machte ein zufriedenes Gesicht.
»Sehr gut, scheint alles da zu sein!«
Reginald freute sich, dass er seine Tante zumindest in diesem Punkt nicht enttäuscht hatte. Doch das letzte Wort war noch nicht gesprochen.
»Halt! Wo ist der Pfeffer?«

EPILOG

John und Terry erreichten die Taverne namens Exil aus der beschwingte Klaviermusik erklang. Das Schurkenetablissement war so angesagt und hipp, dass es sogar in kamquarianischen Städteführern erwähnt wurde. Es war bereits dunkel und die beiden Brüder kamen mit gut gefüllten Mägen direkt von ihrem Elternhaus hierher. Nach den aufwühlenden Ereignissen im Abbys war ein Besuch bei ihrer Mutter eindeutig die richtige Entscheidung gewesen.
Wie immer roch es schon auf der Wiese vor dem Lokal nach eisenhaltiger Luft. Das Blut, das den Rasen tränkte, wurde während der Schlägereien, die den ganzen Tag hier abgehalten wurden, vergossen. Man nannte diesen Fleck Erde nicht umsonst die kamquarianische Blutwiese[7]. Derzeit gab es aber keinen Kampf, was sehr überraschend war. So mancher Gast kam eigens für eine ordentliche Schlägerei hierher. Entweder als Zuschauer oder gewollt sowie ungewollt als Teilnehmer. Terry und John liefen über die Wiese in Richtung Taverne, als einer der Brüder plötzlich über etwas stolperte.

---

[7] Auszug aus dem Städteführer: »Kamquark - eine Stadt zum Sterben schön«, Autor und Herausgeber Mirco Prolo:
Die vor allem bei Schurken, wie Dieben, Räubern und Kleinganoven beliebte Taverne namens Exil ist ein Hotspot für suizidgefährdete Freizeittouristen. Aber auch echte Verbrecher, wie leitende Versicherungsangestellte, Lobbyisten, Kutschen- und Reittierverkäufer sowie Politiker gehen hier ein und aus. In einem dunklen Viertel gelegen, trifft sich hier die High Society des kamquarianischen Untergrunds und des organisierten Verbrechens. Nutzen Sie die Chance, sich ab Einbruch der Dunkelheit in dieser Gegend ausrauben zu lassen, oder besuchen Sie die Taverne untertags, um sich ein Bild der berühmten kamquarianischen Blutwiese zu machen, auf der fast rund um die Uhr in Gesichter geschlagen und gegen Rippen getreten wird. Oft auch umgekehrt. Die Blutwiese ist die einzige, natürlich rote Rasenanlage in Kamquark und gehört somit zum Stadtkulturerbe. Früher wurden Kämpfe noch in der Taverne abgehalten. Aber nach der letzten Erbschaftsübernahme des Etablissements wurden einige Richtlinien eingeführt, die das Auskommen der schurkischen Gesellschaft deutlich verbesserte. Die Zahl der Todesfälle durch Waffen, fliegende Stühle oder zerbrochene Flaschen ist dadurch drastisch gesunken. Aber zum Glück hat sich die Sterberate durch übermäßigen Alkoholkonsum deutlich erhöht.

»Oh Mann, tut mir leid. Dich habe ich echt übersehen.«
In der Wiese lag der jüngste Verlierer der Wiesenkämpfe. Er stöhnte auf und murmelte etwas von Früchten und Banditen mit nur einem Arm. Offenbar hatte er ein paar Treffer zu viel auf den Kopf abbekommen. Kurz dachten sie darüber nach, dem armen Mann zu helfen, aber dann fiel ihnen wieder ein, dass sie ja eigentlich böse Jungs waren, also verzichteten sie auf die mögliche Einzahlung auf ihr Karma-Konto.

Sie betraten die Taverne durch eine Doppelschwingtür und standen nun am Eingang während sie nach einem Mann Ausschau hielten. Plötzlich hörte der Klavierspieler, ein Gorilla mit einer Zigarre im Mund, auf zu spielen. Alle Gäste wandten ihre Blicke zum Eingang.
»Da bist du ja endlich«, sagte einer der zahlreichen Gäste mit einem stark rollenden R, obwohl dieser Satz eigentlich gar kein R enthielt.
Die beiden Brüder kannten den Mann nicht. Das war ihm aber egal. Er stand auf, spannte seine Muskeln an und lief auf die beiden zu. Plötzlich schoben zwei kräftige Arme die beiden Brüder nach links und rechts zur Seite. Ein haariger Typ, der knapp hinter ihnen in der Tür stand, war groß und sehr kräftig gebaut. Trotzdem schlug der R-Roller erbarmungslos in seiner Brust ein und schob ihn nach draußen auf die Blutwiese, wo der unbarmherzige Kampf zwischen den beiden erst richtig begann. Ein Großteil der Gäste stürmte den beiden Kämpfern hinterher ins Freie.

Weiter hinten im Lokal, wo die Rauchschwaden dichter wurden, erspähten Sie den Mann, nach dem die beiden suchten. Sie gingen an der Bar entlang und bestellten im Vorbeigehen zwei Kurze. Ein paar schnelle Schritte später waren sie bei dem Mann angelangt. Natürlich saß dieser mit einem dunklen Mantel verhüllt und einer Kapuze über das Gesicht gezogen da, um möglichst unnahbar zu wirken. Seine langen, fettigen Haare hingen ebenfalls über sein Gesicht. Vor ihm am Tisch stand ein leerer Aschenbecher und ein halbvoller Krug mit feinstem Kamquark-Ale und einer ausgedrückten Zigarette darin.

»Herr, wir haben Euch etwas zu berichten«, begann Terry sofort ohne jegliche Umschweife. »Wie geplant, wollten wir den Zwischenkurier bei der ersten Möglichkeit abfangen und das Paket an uns nehmen. Aber wie sich herausstellte, hatte der Junge zwei Leibwächter dabei. Einer davon war ein komischer Hund mit Punkten und ganz scharfen Klauen.«
John schlug Terry auf die Brust.
»Das war kein Hund. Das war eine übergroße Bisamratte, du Idiot!«
»Bisamratte, Sackratte, mir doch egal. Jedenfalls hatten wir keine Chance. Sie waren in der Überzahl und haben uns mit einem fiesen Zauber ausgetrickst. Wir haben sogar unseren Cousin Brutus verloren. Keiner weiß, wo er ist.«
Der Mann vor ihnen regte sich nicht.
»Herr? Herr Ragnar?«
Und wieder tauchte eine Gestalt hinter ihnen auf. Ein großer Mann mit kurzen Haaren und einem Vollbart streckte jedem Bruder ein Schnapsglas entgegen.
»Ihr hattet zwei Kurze bestellt«, sagte er und drückte ihnen die Gläser in die Hände. Dann ging er an ihnen vorbei und zu der Person, die am Tisch saß.
»Haben sie dich belästigt, Gerda-Brunhild?«.
Die beiden Ganoven waren verwirrt und beobachteten, wie sich diese Person die Kapuze zurückwarf, zum Bierkrug griff und ihn mit einem Satz runterkippte, inklusive Zigarettenstummel.
»Alles gut, Ragnar«, antwortete die mäßig bis gar nicht attraktive und ziemlich alte Frau und rülpste den beiden Brüdern eine alkoholische Fahne ins Gesicht, die einen Hauch Tabakasche mit sich brachte.
»Danke für deinen Mantel. Mir war vorhin richtig kalt.« Sie stand auf.
»Kein Problem«, meinte der Mann und half Gerda-Brunhild das wärmende Kleidungsstück abzulegen.
»Du musst aber nicht gehen. Bleib ruhig noch.«
»Nein, nein, schon gut. Ich muss morgen wieder in die Bank.«
»Hey toll, planst du einen Banküberfall? Brauchst du noch Hilfe dabei?«, fragte John voller Freude und Tatendrang.

»Kein Banküberfall, Junge. Kundengespräche.«
Ohne ein weiteres Wort verließ die Frau das Lokal.

Ragnar setzte sich hin und machte es sich auf der Sitzbank gemütlich. Der Mann war eine richtige Gestalt. Breite Schultern, einen Stiernacken und Muskeln, wohin man sah. Er trug als einer der wenigen hier im Exil eine Lederrüstung mit Metallapplikationen, die aber keine Ärmel hatte. Dafür stach sein silberner Metallhandschuh ins Auge, der mit ausgebrannten und somit nicht mehr funktionsfähigen Runen bestückt war. Außerdem hatte er eine Lederschnur um seinen Hals gebunden, an der eine Art Talisman hing, der zwei überlappende R zeigte, die von einem silbernen Ring eingefasst waren.
Ragnar starrte John und Terry mit ihren kleinen Gläsern in der Hand an.
»Trinkt mal aus, ihr Zwei. Und dann erzählt mir ganz genau, was passiert ist.«

Indessen in Elis Schlafzimmer:
Die kleine Moira wälzte sich in dem Bett des Zauberers hin und her. Sie hatte böse Träume. Wen wunderte das, nachdem das Mädchen so einen aufregenden Tag hinter sich hatte? Während sie wild um sich schlug, schleuderte sie ihre Sukkubus Puppe zur Seite. Sie knallte mit einem Geräusch, das nur ein Stein erzeugen hätte können gegen das hölzerne Kopfteil. Der Aufprall war laut genug, um Eli, der noch immer mit Mortimer im Wohnbereich tratschte, auf sich aufmerksam zu machen. Wenige Sekunden später lugte der Zauberer bei der einen Spalt breit geöffneten Zimmertür herein. Moira lag nun wieder ruhig da und gab nur ein sanftes Schnarchen von sich. Beruhigt entfernte er sich wieder. Just in diesem Moment wurde das Mädchen wach und sogleich suchte sie nach ihrer Puppe. Bevor sie unruhig werden konnte, fand sie ihre Kuschelgefährtin wieder und griff nach ihr. Sie erwischte den stacheligen Schwanz und zog sie zu sich. Plötzlich rutschte etwas aus einer nahezu unsichtbaren Öffnung am Rücken der Puppe heraus. Es war ein schwarzer, schimmernder Stein mit einem dunkelblauen Kristall in der Mitte. Das Mädchen sah den Stein, griff nach ihm und schob ihn wieder vorsichtig zurück in die

Puppe. Sie vergewisserte sich noch, dass die Öffnung nun gut verschlossen war, kuschelte sich wieder an die Stoffpuppe, um sogleich wieder einzuschlafen.

ENDE

Aber es gibt noch einen Bonus!

Bonus Kapitel
Was noch geschah

Durch die Koppelung der interdimensionalen Brücke mit dem dämonischen Befreiungsportal wurden noch weit mehr Unregelmäßigkeiten hervorgerufen. Hier einige Beispiele:

Zeitrechnung: 2017 A.D. – Dimension 412, Planet Erde
Es war ein langer, harter Tag für den Gamer und bekannten Spiele-Streamer Erik. Es gab wieder einige Termine zu bestreiten und auch seine Rückkehr von der internationalen Computerspielemesse, der E3 in Los Angeles vor wenigen Tagen, steckte ihm noch in den Knochen. Trotzdem freute er sich schon auf den abendlichen Stream, um seinem Hobby zu frönen und seinen Fans gewohnt knackige Unterhaltung zu bieten. Er betrat seine Wohnung und stellte erstmal seinen Rucksack ab. Als er gerade die Türe hinter sich schließen wollte, federte das Türblatt auf den letzten Zentimetern wieder leicht zurück.
»Was ist denn jetzt wieder los?«, empörte sich Erik und öffnete die Tür nochmals. Plötzlich stand der Postbote vor ihm, der seinen Fuß in der Tür hatte.
»Guten Tag, Gronkh!«
Erik hob die linke Augenbraue.
»Ich meine, guten Tag, Herr Range. Ich habe hier die Post für Sie.«
»Dass Sie nicht der Pizzalieferant sind, ist mir schon aufgefallen«, antwortete der schon etwas müde Erik mit einem Lächeln im Gesicht.
»Hehe, ja, also hier, bitte. Ein paar Briefchen für Sie und ein Buch?«
Der Postbote sah ihn ratlos an und streckte ihm alles entgegen. Erik übernahm das gesamte Papierwerk und ging alles in seinen Bart murmelnd durch:
»Fanpost, Fanpost, TVSchlipsträgerOG, Fanpost… oh, der Brief hier riecht gut nach Rosen.«
Er roch kurz an dem Kuvert, dann forschte er weiter.

»Rechnungen, Fanpost, nochmal TVSchlipsträgerOG und ein Buch mit dem Titel *Minceraft for Extra-n00by-n00bs!?*«

Erik, der ein absoluter Profi im Computerspielsektor war, gab dem Postboten ohne nachzudenken das Buch zurück und meinte:

»Das kann nur eine Verwechslung sein, nehmen Sie das wieder mit!«

Der Postbote winkte ab und grinste frech.

»Ich habe Sie spielen sehen, vielleicht behalten Sie es lieber.«

Etwas verwundert über diese dreiste Aussage, zog Erik das Buch wieder zu sich zurück und hielt kurz inne. Doch dann lächelte er, griff in die Schublade seines Vorzimmerschranks und nahm einen dicken, schwarzen Stift heraus. Er öffnete das Buch und schrieb auf die erste Seite:

»Für den frechsten Postboten der Stadt. Alles Liebe, Gronkh!«

Dann drückte er dem Mann das Buch in die Hand.

»Wenn Sie mich spielen gesehen haben, sind Sie ein Fan. Und ich liebe meine Fans!«

Völlig überrascht öffnete der Postbote das Buch und las die Widmung. Dann sah er auf und bedankte sich überschwänglich.

»Danke, Gronkh, ähm, ich meine Erik, ähm, Herr Range.«

»Gronkh ist schon ok«, antwortete Erik lächelnd. »Und jetzt entschuldige mich. Ich streame in zwei Stunden und muss zuvor noch ein paar Dinge erledigen« Er verabschiedete sich und schloss die Tür. Doch sogleich schwenkte seine Aufmerksamkeit auf die restliche Post. Er war neugierig geworden.

»Was könnte die TVSchlipsträgerOG von mir wollen?«, dachte er bei sich.

Er öffnete den ersten Brief und las:

»Hallo Herr Gronkh, wir mussten feststellen, dass Sie bei den Leuten gut ankommen und damit kommerziell sehr erfolgreich sind. Daher haben wir uns etwas überlegt, wie auch wir davon profitieren und am Kuchen mitnaschen können. Nach langer Suche konnten wir alte, längst überholte Gesetzestexte in den Annalen der Legislatur finden, die es uns ermöglichen, Sie ordentlich zur Kasse zu bitten. Deshalb müssen Sie ab sofort einen Rundfunkführerschein von uns erwerben. Grundsätzlich handelt es sich dabei nur um ein Schriftstück mit ein paar Buchstaben und

einer hübschen Unterschrift unseres Vorsitzenden, aber das hält uns nicht davon ab, einen fünfstelligen Betrag in Rechnung zu stellen. Wenn sie gerne auch noch ein Foto unseres Vorsitzenden darauf haben möchten, wird es nochmal deutlich teurer. Jedenfalls ersuchen wir Sie um sofortige Überweisung mittels beigelegtem Zahlschein. Die Ausstellung des Dokuments erfolgt dann gewohnt prompt innerhalb von drei Jahren. Tschü-mit-Ü und Ciao-mit-Au, Ihre TVSchlipsträgerOG. P.S.: Weiter so! Sie machen super Streams! Aber bitte nicht bis Sie gezahlt haben, denn das ist Ihnen ab sofort untersagt!«
Erik las den Brief erneut, da er nicht glauben konnte, was hier gerade geschah.
»Da muss irgendwo im Universum etwas gehörig schiefgegangen sein«, murmelte er in seinen dichten Bart. Dann öffnete er den zweiten Brief der TVSchlipsträgerOG, der ebenfalls am gleichen Tag abgeschickt wurde wie der erste, in der Hoffnung, einen Widerruf vorzufinden:
»Sehr geehrter Herr Range, bitte entschuldigen Sie das formlose und inadäquate Schreiben, welches wir Ihnen kürzlich zukommen haben lassen. Es wurde von einem Praktikanten verfasst, dem Ehrlichkeit sehr am Herzen liegt. Wir müssen jedoch darauf hinweisen, dass Sie trotzdem noch als Rundfunker eingestuft sind. Da Sie außerdem seit unserem ersten Brief nicht gezahlt haben, müssen wir eine Mahngebühr von 25% drauflegen. Sie verstehen das sicher. Mit freundlichen Grüßen, Ihre TVSchlipsträgerOG«
Noch immer etwas verstört griff Erik zu seinem Handy.
»Mensch! Da muss ich gleich mal bei Valle und Pete durchklingeln.«

Zeitrechnung: 1378 A.D. – Dimension 412, Planet Erde
Sie stand schon über 3500 Jahre hier rum und fühlte sich so fit und wohl wie am ersten Tag. Ihr Blick wachte über das Volk der Ägypter und sie beobachtete die Menschen bei ihrem üblichen Tagwerk. Doch heute sollte kein normaler Tag für die Sphinx sein. Es war gerade Mittag, als sich neben ihrem Gesicht ein Dimensionsspalt öffnete und eine elektrische Entladung abgab. Wie ein plastischer Chirurg mit einem Meisel stürtzte sich der Blitz auf die Nasenwurzel der betagten Statue. So schnell sich das

Portal geöffnet hatte, so schnell war es auch wieder weg. Und die Nase, fiel!
Später wurde das Unglück einem Bilderstürmer, also einem Mann, der sich in seiner Freizeit damit beschäftigt, schöne Dinge zu zerstören, in die Schuhe geschoben, um das übernatürliche Phänomen abzustreiten. Es hatte Jahrhunderte gedauert, die außerirdischen Erbauer der Pyramiden wieder aus den Köpfen der Leute zu bekommen, also wollte man keinen Rückfall riskieren.

Zeitrechnung: 2018 A.D. - Dimension 412, Planet Erde
Ein Mann, Anfang 30, saß in einer Kabine und las eine Kurzgeschichte über einen Priester, der einen Sarg hinter sich herzog. Dabei sprach er jeden der gelesenen Sätze in ein Mikrofon. Als er damit fertig war, begab er sich zu einem Bildschirm auf dem eine Wellenform der Stimmaufnahmen zu sehen war. Während er daran arbeitete, das Hörbuch zu vollenden, schoss ihm ein Gedanke in den Kopf, der ihn nicht mehr losließ:
»Eine unglaublich magische Welt...«. Alles Weitere war Geschichte.

Zeitrechnung: Zeitlos - Dimension Raumlos, Abyss
Drei Männer flogen durch die zeitlose Leere des Abyss, in die sie ein inkorrekt angewendeter Instant-Zauber verfrachtet hatte. Aus dem Abyss gab es auf normalem Wege kein Entkommen. Aber plötzlich, ohne das Zutun einer höheren Entität, öffnete sich ein Spalt und sog einen der drei in eine zufällige Dimension und Epoche.

Zeitrechnung: 2012 A.D. - Dimension 412, Planet Erde
Schweißgebadet erwachte der graubärtige und schon etwas in die Jahre gekommene Schorsch aus einem schrecklichen Albtraum. Er hielt sich die Kehle und rang nach Luft. Es kam nun schon öfter vor, dass er von einem dunklen Halb-Roboter-Magier mit schwerem Atem träumte, der ihn minutenlang würgte. Das Schlimme dabei war, dass dieser Halb-Roboter seine eigene Kreation war. Eine wichtige Figur in einem erfolgreichen Weltraummärchen, das er vor Jahrzenten ins Leben gerufen hatte.

Schorsch war schon beinahe panisch, weil auch seine Ärzte ihm nicht mehr weiterhelfen konnten. Er wollte diese Albträume einfach nur mehr loswerden. Also griff er zum Telefon und rief seinen Agenten an. Es klingelte einige Male bis endlich jemand abhob. Eine verschlafene Stimme meldete sich:
»Hallo? Schorsch? Es ist spät, was ist los?«
»Ruf Robby an! Sag ihm, ich bin einverstanden, auch mit den Spin-Offs. So lange seine Maus nicht in den Filmen vorkommt, werde ich sein Angebot annehmen!«

EINLADUNG

Sei mein magischer V.I.P.!

Werde mein magischer V.I.P.! Sei immer top informiert und erhalte als Erster unglaublich magische Bonusinhalte!

Für treue Fans gibt es immer mal wieder coole Boni per E-Mail:

- Du gehörst zu den ersten, die in eine Hörprobe meines geplanten Hörbuches reinhören können.
- Du gehörst zu den ersten, die einen Ausschnitt neuer Geschichten zu lesen bekommen.
- Du bist immer gut über Angebote und Neuigkeiten zu meinen Büchern informiert.
- Und nicht zuletzt gehörst du zu den ersten, die erfahren, wenn ein neues Buch auf dem Weg in die Freiheit ist.

Meine Leser sind mir sehr wichtig. Und was ist ein Autor ohne seine Leser? Nicht viel!

Melde Dich ein Mal an und verpasse nichts mehr.
Aber **keine Angst vor Spam! Ich hasse Spam!** Du hörst höchstens 2-4-mal pro Monat von mir – wenn überhaupt! Ich werde dir, meinem V.I.P., sicher keinen nervigen Spam zumuten! Großes Magier-Ehrenwort!

Melde Dich zum unglaublich magischen Newsletter an und sei mein V.I.P.! Ich freu mich auf Dich! Nutze dazu den QR Code, oder:

vip-newsletter.sandroweiss.com

Und wenn Du Dich doch umentscheidest, auch kein Problem! Du kannst den V.I.P.-Club jederzeit wieder verlassen. Ich nehme Datenschutz sehr ernst, achte auf Deine Daten und respektiere natürlich Deine Entscheidung.

Schlusswort

Darf ich Dich noch um etwas bitten?

Ich würde mich riesig freuen, wenn du mein Buch positiv bewertest und weiterempfiehlst.
Um Aros den Schöpfer aller Dinge zu zitieren:
»Das Schönste am Schaffen ist, wenn sich möglichst viele Menschen an deiner Schöpfung erfreuen.«
Eine kurze Bewertung abzugeben, dauert vielleicht zwei Minuten und hilft anderen potentiellen Lesern und natürlich auch mir dabei, neue Leser zu erreichen und zu unterhalten. Im Voraus vielen lieben Dank für Deine Unterstützung!

Ich hoffe, Du hattest Freude mit der ersten unglaublich magischen Kurzgeschichte. Es war gar nicht einfach, meine Kreativität so weit zu zügeln, dass die Geschichte von Reginald und seinen Freunden auf eine Stunde begrenzt bleibt. Es ist mir wohl auch bei Weitem nicht gelungen. Aber es gab so viele Figuren, die ich Dir unbedingt vorstellen wollte. Wie jeder Autor und jede Autorin, habe auch ich meine Lieblinge und teilweise schon reichlich neue Ideen für weitere unglaublich magische Erzählungen. Doch die Entscheidung, wie es nun als Nächstes weitergeht, fällt mir nicht leicht. Daher nun mein Angebot an Dich:

Werde Teil der **unglaublich magischen V.I.P. Community** auf Facebook und diskutiere mit den anderen V.I.P. und mir, über die Buchreihe und was Du Dir für zukünftige Geschichten wünscht. Du findest die Gruppe direkt über diese Adresse:

magische-vips.sandroweiss.com

Nutze auch gerne folgende E-Mail-Adresse, um mir Deine Gedanken direkt mitzuteilen:
unglaublichmagisch@sandroweiss.com

In jedem Fall freue ich mich sehr, von Dir zu lesen!

Und wenn Du mir einen Daumen bei Facebook verpassen möchtest, kannst du das hier tun:

autor.sandroweiss.com

DANKSAGUNGEN

Wie es sich gehört, möchte ich mich noch bei einigen Menschen bedanken, ohne die dieses Buch in der gegebenen Form nicht existent wäre:

Zuerst danke ich Dir, lieber Leser. Für Dein Vertrauen und Deinen Mut, mir, als unbekannten Autor, und meiner unglaublich magischen Welt eine Chance zu geben.
Dann natürlich meiner lieben Frau, die sich ständig mit meinen verrückten Ideen konfrontiert sieht und sich diese auch noch tagtäglich anhören muss.
Ich bedanke mich außerdem bei meinen Eltern und Stiefeltern, die aufgrund der Erziehung, die sie mir angedeihen ließen, das aus mir gemacht haben, was ich heute bin.

Vielen Dank auch an das Team von gronkh.tv, das mir die Erlaubnis erteilt hat, Erik »Gronkh« Range mit realem Namen in eine völlig fiktive und von mir gänzlich frei erfundene Nebenhandlung einzubauen und somit auch Gaming-interessierten Lesern einen Bonus zum Schmunzeln bieten zu können.

Und selbstverständlich vielen Dank an meine Probeleser und meine Selfpublishing-erfahrenen Freunde, für ihre Hilfe und das wertvolle Feedback. Ehre wem Ehre gebührt, daher möchte ich sie gerne auch noch namentlich nennen. Vielen Dank also an:

Anna, Michaela, Natascha, Dorit, Sebastian und Bernhard

Und ein herzliches Dankeschön an meine Lektorin Margit. Ich habe heute noch Albträume von ihrem Rotstift und den vielen Beistrichen. Aber es hat sich gelohnt!

Buchempfehlungen

Ganz zum Schluss noch ein paar Buchtipps. Ich selbst konsumiere ja am liebsten Hörbücher und genieße diese im Auto oder auf Reisen. Egal, ob Ihr Euch also bei meinen folgenden Empfehlungen auf das ebook, Taschenbuch oder Hörbuch stürzt, ich hoffe, Ihr habt viel Spaß damit und könnt die Zeit bis zur nächsten unglaublich magischen Geschichte gut überbrücken.

Humoristische Fantasy / Science Fiction und Übersinnliches

Die Farben der Magie: Ein Roman von der bizarren Scheibenwelt von Terry Pratchett
Drei Engel für Armand von Jim C. Hines
Die Kompanie der Oger: Sterben und sterben lassen! von A. Lee Martinez
Mieses Karma von David Safier
Per Anhalter durch die Galaxis von Douglas Adams
Die Känguru Chroniken von Marc Uwe-Kling
Der Tod und andere Höhepunkte meines Lebens von Sebastian Niedlich

Fantasy / Science Fiction und Coming-of-Age

Harry Potter und der Stein der Weisen von J.K. Rowling
Die Tribute von Panem, tödliche Spiele von Suzanne Collins
Biss zum Morgengrauen von Stephanie Meyer
Tarean - Sohn des Fluchbringers von Bernd Perplies
Eragon: Das Vermächtnis der Drachenreiter von Christopher Paolini
Die unendliche Geschichte von Michael Ende

Real-Life Humor

Das Tor zur Hölle! Eine Geschichte vom Hausbau von Sebastian H. Geyer

Das war

Unglaublich Magisch

Die humorvolle Fantasy Reihe

Reginald und die Zauberrune

Band 1

Sandro A. Weiss